一個兄弟 兩個故事

紀蔚然

目次

一個兄弟

Elwood：這裡離芝加哥一〇六英里，咱們加滿油，還有半條菸，天色已暗……而咱倆戴著墨鏡。

Jake：上路吧。

——《福祿雙霸天》（*The Blues Brothers*）

1.

最近遇到一件怪事，我確定它不是夢。

我撥手機給一個被我得罪的朋友，希望和這位友人約個時間，當面向他致歉。鈴聲響，七聲後轉接語音：「您的電話將轉接到語音信箱，嘟聲後開始計費，如不留言請掛斷，快速留言嘟聲後請按井字鍵。」道歉若要鄭重不能透過留言，我只好咔喳掛斷。十分鐘過後，我再打一次，這次沒有鈴聲，直接轉語音：「您所撥的電話暫時無法接聽，請稍後再撥。The number you have dialed is busy. Please try again later.」一小時後，我再試一次，還是沒有鈴聲，直接轉語音：「對方顯然不願接您的電話，請保留所剩無幾的自尊，別再打來。」我驚嚇不已，沒聽完英語版便將手機扔進垃圾桶。

我對現代科技非常不滿。不必發達的領域日新月異，應該下功夫的地方卻毫無進展。每當我在電話上與對方一言不合，或者對方故意不接電話時，我會用食指狠狠敲打螢幕，掛斷手機。有一天，我突然醒悟，這麼做除了痛在我手、恨在我心，以及手機汰換率暴增外，對方全然沒接收到我的情緒；不管輕放或狠摔，另一端總是只聽到一聲平板單調、彷彿心跳終止的「嘟——嘟」。科技如此發達，為什麼沒有人想到設計傳達各種情緒的掛斷音效？例如深情款款、纏綿悱惻的「嘟哎呦嘟」，表示「人家捨不得掛呀」，或者是不耐煩的「嘟啦嘟啦」，表示「我在敷衍你啦」，還有斬釘截鐵、恨意滿點的「嘟媽了個嘟」，表示「殺千刀的，老子跟你勢不兩立！」

第二天，心胸開闊的我決定再給那個不識相的朋友一次機會。鈴聲沒響，只傳來語音：「這個電話已永久停止使用。」

失之交臂。我總是和某些人、某些事失之交臂。天天有人中樂透，但不會是我；奇蹟不是沒有，只是會發生在遠方，或是我朋友的朋友的朋友身上。很久以來，我老是有錯過了什麼契機的感覺，甚至一枚硬幣也能讓我悵然若失。關於我這個人的毛病，可以用一個簡單的故事來形容：我走進一家商店買東西，價錢是五十塊，我摸摸口袋，沒有零錢，只好掏出一張百元紙鈔，店員找回五十元硬幣，我順手把它放進口袋，才走出店門沒幾步，下意識的摸摸口袋，發覺裡面有一枚銅板，當下便責怪自己：「明明有零錢，為什麼剛才不拿出來。」才罵完，我馬上意識到，這枚硬幣是店員找的；於是，我再度責怪自己。我花很多時間在責怪自己——和胡思亂想。

上個月，在計程車上，我又在胡思亂想，從自己的處境想到世界局勢。我的人生差不多就這樣了，但這詭譎難測的未來不知會是什麼模樣？我跟不上這個世界，然而我又想，這個世界正在醜陋，而人類也跟著不美，我何必在乎跟不上它的腳步？我同時想，十萬年後的人類會長成什麼德行？科學家預測，人類的頭會變得更大、額頭會變得更寬、眼睛也變得更大。我認為不會：十萬年後，人的長相不會有多大變化，倒是因為手機玩過了頭，人的手指會特別發達，像是被虎頭蜂螫過那麼肥大。我還想，當我步入老年、當《復仇者聯盟》拍到了第十九個版本、當蘋果推出 iPhone 26 時，我這個人還有什麼用嗎？就在我陷入晚景淒涼、世界漸漸離我遠去的悲情時刻，我突然頓悟：再這樣下去，我終究會和自己失之交臂。我想通了，我必須煞車，就像這個世界必須煞車，就在這時，計程車緊急煞車。

軋吱！碰！

計程車撞上了前面的賓士。一場交通事故的ＰＫ就這麼上演，只要發生車禍，平常的善良老百姓，不管是男是女，都會變成流氓。

車門狠狠摔上，運將下車。又一聲碰，賓士女駕駛現身。兩人站定，擺出逞凶鬥狠的痞樣。兩人慢慢向對方逼近，繞著圈子，宛如相撲選手。

運將：妳車子怎麼開的？

賓士：你車子又是怎麼開的？保持安全距離不懂嗎？

兩人吵嘴、擺架式，整個過程不外裝腔作勢、各說各話，能善了則討價還價，無法善了只好找警察，就這麼回事。我擔心前戲拖得太久，影響我的行程，只好跟著下車，為雙方調解。

我：兩位，再這樣下去，等警察來開單，反而是二度傷害。運將，請聽我一言：雖然賓士不該沒事緊急煞車，但你沒保持車距，後車撞前車本來就理虧。還好只是小擦撞，你賠一點錢給這位小姐不就沒事了？

賓士：多少錢呢？烤漆不便宜喔。

運將：也貴不到哪去。不過是局部修復，又不是整片土司拿去烤。

賓士：賓士怎麼會是土司？起碼是pizza。

我：這跟食物有什麼關係？台灣人也太愛吃了吧。快點吧，大家談個價錢。

賓士：多少呢？

運將：一千。

賓士：怎麼可能才一千？五千。

運將：兩千。

賓士：四千。

運將：兩千五。

賓士：三千五。

我：大家再各讓一步，三千好不好？

運將：三千就三千。

賓士：三千就三千。

正要拍板之際，三人之間忽然擠進一名男子。究竟他打哪兒冒出來的，沒人有印象；我只能揣測：這好事的傢伙適巧經過，瞧見這邊出了狀況，心想必有他用武之處。未經詢問，男子便自顧自地端詳計程車車頭，再細查賓士車尾，就在運將數鈔票給女駕駛時，程咬金發難了：「嘖，三千塊恐怕解決不了，起碼要六千。」此話一出無疑引爆一顆手榴彈，空氣瞬間炸裂，三人吵得不可開交，而講話最大聲、情緒最激動的竟是事不關己的路人甲。眼看情況不妙，我把他拉到一旁說話。

我：借問這位先生，你是來亂的嗎？

路人甲：哪有？我只是主持公道，不希望任何一方吃虧。

我：你家開修車行？

路人甲：不是。

我：那你怎麼知道要六千？而不是兩千五或四千八？

路人甲：喔，我很有經驗，我幾乎天天幫人排解交通事故。

我：你要搞清楚狀況，開賓士的應該不會缺錢，即便吃點虧有什麼關係？

路人甲：台灣很多開賓士的都欠銀行很多錢。

我：欠銀行很多錢的人最不缺錢，他們可以一直借一直借；你要搞清楚，欠銀行上億的從來不放在心上，只有欠一兩百萬的人才會痛苦萬分。這位年輕人開計程車能跟銀行借到多少錢？他載我這一程也不過賺我一百二，今天倒大楣要賠三千已經夠衰了，你還跳進來加碼。

經我點醒，路人甲先是一怔，繼而身子猛然打個哆嗦，起乩似地高舉雙臂，哇啦呼叫，「完了，完了，我又惹禍了。」路人甲轉身面向兩位事主作揖道：「對不起，我的錯。雖然我沒說錯，區區三千搞不定烤漆，但遇上這種事大家應各退一步。這樣吧，獨衰不如眾衰，少年家你給這位小姐三千，我呢，也給她三千，算是我多嘴的懲罰。」

路人甲當下掏出錢來，可是女駕駛說什麼也不肯收他的錢，雙方再度僵持，幾張鈔票推來挪去，本人只好再度出面。我請年輕人先給女士六千，再由路人甲給年輕人三千，許是受路人甲精神感召，我也拿出三千，交給年輕人。插曲圓滿落幕，事主沒虧，只是虧了兩位公親。

臨走前，路人甲硬要和我交換名片。

我：亂場仔。你姓亂，名場仔？

亂場仔：朋友給的綽號。

我：原來的名字呢？

亂場仔：忘了。

我：忘了？怎麼可能忘了？

亂場仔：冷—伯。你姓冷，名伯。也是綽號？

冷伯：不，是本名。

亂場仔：這名字有趣。你父母叫你「阿伯！阿伯！」不是很奇怪嗎？

冷伯：是有點尷尬，但那不是最糟的。我問你，我的名字用台語怎麼說？

亂場仔：冷—伯，令伯——恁爸！

冷伯：懂了吧。稍長以後，我每次自我介紹的時候，對方都想揍我。

亂場仔：為什麼？

冷伯：你好，我是恁爸。

亂場仔：我幹——

冷伯：懂了吧？因為父母的錯誤，我這輩子吃了很多苦頭。

亂場仔：也占了不少便宜。

冷伯：好說，好說。

亂場仔：不管怎麼說，冷伯兄，幸會，務必保持聯絡。我急公好義，你斷事明快，咱們倆聯手拍檔，所向無敵。

從此，我和亂場仔結下不解之孽緣。兩人不時見面，且互動默契絕佳，若是在台上表演，效果不輸默片時代的勞萊與哈台。

冷伯：只因莫名其妙的緊急煞車，亂場仔走進我的生命，彷彿是天上掉下來的鳥大便。

亂場仔：我的生命遇上了冷伯，就像地上踩到的狗屎。

冷伯：亂場仔滿臉福相，凡事但往好處想，不管發生什麼事都不會氣餒。

亂場仔：冷伯一張苦瓜臉，成天無事瞎抱怨，誰都看不順眼。

冷伯：以前我成天待在書房，苦思解救眾生於苦難的藥方。

亂場仔：以前冷伯成天待在書房，苦思解救眾生於苦難的藥方，藥方沒想出來，他自己倒吞了不少藥丸。百憂解、安伯寧、史蒂諾斯。嗑藥後，坐在書桌前發呆，口中喃喃自語，「論述啊……論述」。

冷伯：認識了亂場仔之後，常常和他在台北大街小巷胡衝亂闖，從文山到天母，從一〇一到西門町，彷彿一場毫無意義的探險。

亂場仔：我看這樣下去不行，決定帶他出門見見世面，探險說不上，倒像是散心解悶。

2.

亂場仔個子不高，生得圓胖，笑開時兩眼瞇成一線，像個小孩，因此頗有孩子緣，能於頃刻間和素昧平生的小孩建立起短暫但溫馨的赤子情誼。有一回，亂場仔從台南搭乘高鐵回台北，從他座位右前方數過去第八個座椅上，有個跟隨媽媽北上的六七歲小女孩。一小時又四十九分的車程對好動的小孩來說顯然漫長了些，百無聊賴的她不時起身向後張望，起初視線漫無目的，不多時便聚焦在亂場仔身上。亂場仔主動向女孩招手，女孩先是一怔，頭一縮返身坐好，但怯生畢竟抵不過好奇，但見她一寸一寸從椅背探頭窺視，卻發覺陌生叔叔正朝她擠眉弄眼，使勁兒扮演各種動物。一場大人小孩比手畫腳躲貓貓遊戲就這麼展開。一般大人玩心有限，但亂場仔樂此不疲，比女孩更忘情，完全不察身旁兩位乘客，早已不堪其擾換坐到其他空位了。

近兩小時的車程在一來一往的兒戲中倏忽即過。即將抵達台北時，女孩把嘴圈成大聲公，對亂場仔說：「我要下車了，下次見。」亂場仔也依樣畫葫蘆地對她說：「下次見。」下車前，女孩母親回頭對亂場仔微笑示意，女孩牽著媽媽的手，似有歉意地對這個高鐵大玩偶比個手勢：「我從這邊走。」大玩偶亦依依不捨，指著另一個方向：「我從那邊走。」儼然幾米《向左走，向右走》的翻版。

另一回，亂場仔看完病，走出民生社區一間診所，瞧見一個十來歲的男孩坐在人行道上，兩手摀住右膝。亂場仔繞過躺在一旁的腳踏車趨前探視，發現他右膝破皮流血，隨即扶著男孩回到診所，自掏腰包請醫生為男孩上藥敷料。

之後，亂場仔和男孩坐在台階上聊天。最讓男孩氣憤不過的是，在他跌倒時，幾個騎腳踏車的朋友各自揚長而去，完全不顧他的「死活」。亂場仔安慰道：「他們一定是騎車太入神，不知道你受了傷。我陪你等他們。」果不其然，男孩的朋友們回頭來找他，幾人七嘴八舌，一方說「不夠朋友」，另一方說「亂講，誰知道你跌倒了。」赤子間衝突容易，化解更簡單，三兩下雙方便和好如初。幾個男孩騎車，嬉笑上路。

目送他們離開，亂場仔內心一陣溫暖，宛若回到童年。亂場仔滿足地嘆一口氣，往另一個方向步行。突然間，一腳踏車急停在他身後，亂場仔回頭，原來是剛才受傷的男孩。男孩說：「先生，謝謝你。」

腳踏車愈來愈小，逐漸遠去的男孩仍不時回頭，向亂場仔招手道別。亂場仔笑開了，兩眼瞇成一線，一直說再見。

事後，我告訴亂場仔，不應如此莽撞。都市叢林守則第一條：眼觀四面，耳聽八方；尤其別人的小孩不可隨便搭訕。在街上看到落單的小孩，無論他號啕大哭或一臉茫然，意欲表示關心前，得先確認家長是否隱身於附近，以免惹來是非。

「家長幹麼躲起來？」亂場仔滿臉疑惑。

「你有所不知，有些家長喜歡當眾示範『家教』，先逕自走遠，任憑小孩在馬路上啼哭哀嚎，讓他們嘗嘗孤苦伶仃的悲哀。」

「這招有效嗎？」

「很有效。有些小孩長大後也有樣學樣，讓老人家嘗嘗孤苦伶仃的悲哀。」

3.

亂場仔的近況令人憂心。他內心充滿義憤，對於看不慣的事物似有除惡務盡的決心，導致他的「亂場」有點走味。

冷伯：我說啊，亂場仔。
亂場仔：你說，冷伯。
冷伯：你急公好義，但凡不公不義的事你都要插手過問，亂它一亂。不過事有輕重緩急，不可能什麼事都管吧？
亂場仔：難道你要我像你一樣，只會待在家裡，為不公不義的事痛心疾首卻什麼事都不做。
冷伯：我知道我行動力差，但是做任何事都要有策略，之前都要有周延的論述。
亂場仔：我哪一次沒有策略？
冷伯：上回那個世貿的新車展，你到底在攪和什麼？
亂場仔：哪算是攪和？我這是醍醐灌頂的高招。你想想看，賣車就賣車吧，何必找一堆穿著清涼的辣妹在一旁搔首弄姿呢？
冷伯：你打斷他們的展覽我沒意見，你把司儀的麥克風搶走，我也沒意見，但是你怎麼舉一個牌子寫「只賣車不賣肉」？
亂場人：有什麼錯嗎？
冷伯：當然有錯，你汙辱到那些無辜的 show girls 了。

亂場仔：對喔。唉，說來真洩氣，我帶了一票人去鬧場，結果那些王八蛋一看到辣妹就忘了爹娘似的，跟著其他色狼搶著拍照。

冷伯：這就是你的問題：你的正義感充滿義憤。

亂場仔：什麼糞？你在說髒話嗎？

冷伯：義憤填膺的義憤。義憤不是你的風格，亂場仔。

亂場仔：我可能被你汙染了。你看什麼都不順眼，好像這世界欠你三千萬似的。

冷伯：怎麼這麼巧？三千萬正是我理想的養老基金。

亂場仔：不管讀報、看電視、走在路上或與人接觸，你總是沒好臉色，就連一棵樹長歪了，也會引起你的不爽。你說，我是不是被你影響了？

冷伯：Maybe don't not.

亂場仔：有這種英文嗎？Maybe-don't-not？到底是或不是？

冷伯：可能不是，也可能「不是不是」，我也不清楚。千萬記住，你是亂場仔。我希望你修正策略，摘掉道貌岸然的假面具，回歸亂場本色。世界瘋了，你要比它更瘋；社會沒道理，你要比它更無厘頭，這才是亂場精神。至於義憤，就交給我們這些讀書人，讀書人什麼都不會，義憤最在行。唉，講到義憤，就讓我想起一件令人生氣的事。

亂場仔：什麼事？

冷伯：今天下午，有一家百貨公司為了促銷週年慶，打算在他們的廣場灑錢讓消費者去搶個頭破血流。你說，這不是汙辱人是什麼？

亂場仔：今天下午？

冷伯：今天下午。

亂場仔：哪一家？

冷伯：你想幹麼？

亂場仔：哪一家？

冷伯：南風廣場。

亂場仔：待會看電視。

亂場仔說完馬上離開。我衝他的背影高喊：「喂！你幹麼啊？我不是才說不要正義的火氣嗎？」

當天晚上，我在電視上看到了。

畫面裡，百貨公司廣場人山人海，多數是三天前便在那搭起帳篷、埋鍋造飯，以便占據絕佳搶錢位置的消息靈通人士；男女老少，摩肩擦踵，推來擠去，幾無立錐之地。倒數時刻，所有人都已做好預備姿勢：向天高舉雙手，彷彿迎接即將降臨的神祇。三、二、一！大把大把的百元新鈔於歇斯底里的歡呼聲中雪片般從天而降，瘋狂的群眾翹首的翹首、伸手的伸手、蹬腳的蹬腳，使盡吃奶的力氣漫天胡抓。說時遲那時快，一個僅穿泳褲、幾近赤裸、全身塗滿蜂蜜的男子衝入人群。「讓開！吾來也！」我定睛一看，是亂場仔沒錯。亂場仔大喝一聲，好不嚇人，外圍的人們轉頭望去，頓時眼花，以為是來自地獄、歷經萬年火刑的妖怪，驚嚇之餘，紛紛向後倒退，讓出一道缺口。因退勢過猛，外圍波及內圈，以致人群像骨牌般順勢向兩邊倒下。這一來，中央讓出一條康莊大道，亂場仔彷彿摩西過紅海，通行無阻地來到廣場中央。眼看眾人頹倒、機不可失，亂場仔就地撲下，來回翻滾，不知情的群眾以為妖怪重度灼傷，痛苦不堪，哪知亂場仔正用著黏稠的身軀快速「吸金」，待眾人回神時，一身紅光閃閃的亂場仔早已不知去向。

4.

於街角見到亂場仔時，他還是只穿著泳褲，全身沾滿鈔票。「走，我請你吃大餐，」他說。

兩人來到一家很貴的餐廳，找了中央顯眼的位置坐下。

冷伯：今天為你破例。我不喜歡高級餐廳。

亂場仔：為什麼？吃不起？

冷伯：誰說吃不起，老子不屑吃。

亂場仔：我也不喜歡高級餐廳。

冷伯：你也不屑吃？

亂場仔：吃不起。不過今天本人身上都是錢，而且是不義之財，咱們開開洋葷吧。

冷伯：你知道高級餐廳吧？它的食物並不比一般餐廳高級，但價錢卻貴上一倍，因為我們的錢有一半付給了裝潢、吊燈、花瓶、蠟燭、桌巾。

亂場仔：交給我。

亂場仔一副土豪模樣，高舉右手一彈響指。啪答一聲，一名女服務生應聲而至，操著娃娃音。

女服務生：歡迎光臨。這位大哥，不好意思，我們這裡規定要穿西裝或夾克，才能進來做用餐的部分。

亂場仔：你看仔細點，我這件比西裝還昂貴，它是法國最新流行款式，是用鈔票拼貼而成的。

女服務生：可是，我們這裡規定要穿長褲。

亂場仔：七分褲可以吧？

女服務生：可以。

亂場仔：我這就是七分褲，只是我的膝蓋長錯了位置，低了點，所以看起來像短褲。

女服務生：可是，我們這裡規定不能穿藍白拖。

亂場仔：妳看錯了，我這雙是巴西名牌夾腳拖。

女服務生：這個樣子啊。那請問兩位要用餐還是喝飲料？

冷伯：用餐。

女服務生：請稍待，我們會有專人為客人進行點餐的動作。

亂場仔：等一下，妳能不能幫我一個忙？

女服務生：好的。

亂場仔：請你把蠟燭吹熄、燭台拿掉，花瓶移走，桌巾撤了，順便將吊燈燈泡減半，這樣我們吃飯可不可以打對折？

女服務生滿臉為難，心想遇上了奧客，說道請等一下，便以小碎步快快離去。

冷伯：你會不會覺得她講話有點嗲？
亂場仔：怎麼沒有？我還以為來到了兒童樂園。
冷伯：總有一天我們要向可愛宣戰。
亂場仔：向什麼宣戰？
冷伯：可愛。有一天，我在校園遛狗。
亂場仔：看不出來你是個養寵物的人。
冷伯：我女兒的狗。
亂場仔：看不出來你生得出小孩。
冷伯：當然不是我生，是我老婆生的。
亂場仔：確定是你的種嗎？
冷伯：你他媽要不要聽我講故事？
亂場仔：對不起，請說。
冷伯：我帶我們家小白，長不大的馬爾濟斯，在校園散步，走到一對男女同學旁邊，那個女生一看到小白，立刻嬌聲嬌氣地嗲喊：「唉呀，人家怕狗啦！

把牠趕走啦！人家怕怕啦！」我當時氣不打一處出，對著小白說，咬她！

亂場仔：結果呢？

冷伯：小白跑到她腳邊撒尿。

亂場仔：你這種人能活到今天是奇蹟。

冷伯：說你自己吧。聽著，令我生氣的不是她嫌棄小白，而是她那個極其不自然的嗲聲嗲氣，裝什麼可愛呢？年輕人裝可愛也就罷了，連成年人也裝可愛這事情就嚴重了。

亂場仔：有嗎？

冷伯：當然有。我自己就是一個例子。

亂場仔：怎麼說？

冷伯：自從生下女兒後，我和老婆便不自覺地學女兒說話：我叫老婆「媽咪」，老婆叫我「把鼻」，聽起來有點亂倫。更荒唐的是，我父母不久也染上了惡習，兩位老人家不時對著我叫「爸爸」，對著我老婆喊「媽媽」，這成何體統？

亂場仔：怎麼會這樣？

冷伯：這是一種以小孩為中心的呼叫系統。

亂場仔：沒什麼不好的。

冷伯：然而就在人們以為無可厚非，我的家庭真可愛的時候，半路殺出了一隻狗。當一個家庭養了一條狗之後，那個家便從此以這個不是人類的狗為中心。突然之間，豬羊變色，不是，人狗變色：狗被擬人化，人被動物化。在我家，我變成了狗爸，我老婆變狗媽，而小白居然升格為「底迪」，你說荒唐不荒唐？我問你，假使你養了一隻狗，你如何把牠介紹給朋友？

亂場仔：我會說，這是我的狗狗。

冷伯：狗狗？狗狗？夠了！你裝什麼可愛？

亂場仔：可是人家都嘛這樣說啊。

冷伯：什麼「人家」？什麼「都嘛」？原來你的可愛病也很嚴重。

亂場仔：原來你是語言警察，人家怕怕。

冷伯：你以為叫牠「狗狗」就表示你和牠很親密或牠對你很忠誠是嗎？我告訴你，就在你稱呼牠為「狗狗」時，你已經把自己矮化了；也就是說，你已淪為只會幫狗狗清大便的奴才！

亂場仔：不然該如何說？

冷伯：我遛狗的時候都是這麼介紹的：「這是我的狗！」特別強調狗這個字。

「這是我的狗！」我要讓所有的人，尤其那條狗，搞清楚狀況：老子冷伯我才是主人！

亂場仔：好個主人，不過你還是得幫牠清大便。

這時，一名男服務生來了。他口齒不清，嘴巴是一台果汁機，語言泥爛到纖維不剩。

男服務生：喇笑撒？

亂場仔：什麼？

冷伯：什麼？

男服務生：喇笑撒？

亂場仔：你說的是中文吧？

冷伯：聽不懂。

男服務生：喇笑撒？

亂場仔：笑？需—要？

冷伯：喇？兩位？

亂場仔：撒？什—麼？兩位需要什麼？

冷伯：原來是「兩位需要什麼」，這比破解摩斯密碼還難。

亂場仔：這樣溝通有點困難，請問有沒有 menu？

男服務員：哇菜的都搭特時癌色意某媽呢。（我們的菜單都以當天的食材設計沒有 menu。）

冷伯：對不起，你說什麼？

亂場仔：請問到底有沒有 menu？

男服務員：Mo。

亂場仔：Mo？

冷伯：Mo 是什麼？是 yes 還是 no？還是介於 yes and no 之間？

亂場仔：我猜到了！Mo 是「沒有」的縮寫。

冷伯：沒有 menu。多年之後，真相終於大白。

亂場仔：好吧，有什麼可以推薦的？

男服務生：我們今天的料理是菲力牛排羊小排香煎橙汁鴨胸這些是主菜前菜有燻鮭魚焗烤田螺生干貝山羊乳酪湯有洋蔥湯玉米湯南瓜湯菠菜湯……

我們花了兩個鐘頭點菜，菜來了十分鐘便草草吃完，吃完後，亂場仔大方地付錢。他從身上摘下幾張紙鈔點給服務生，「對不起，有點黏，洗一洗、晾一晾自然美好如初。」

5.

亂場仔沒有正職，光靠打零工混飯吃，譬如在自助餐廳洗碗，在便利商店打工，在生意清淡的咖啡館做活廣告、喝免費咖啡，或者是為鬼鬼祟祟隱身於鬧區角落的廉價賓館把風以防警察臨檢，又或者是在泡沫紅茶店當小弟兼為客人算命，還有在洗車行幫輪胎清凹槽使其煥然如新；點點種種，樣樣都來，就是不做久，兩三月份的基本生活費湊足了，便拍屁股走人，重返無職無業、悠哉閒散的日子。

有陣子，他舉牌在某家漢堡店門口抗議，抗議他們的食物搞壞了消費者的健康，後來發覺無人響應，乾脆收了牌子進去應徵，裡面的店長忘了他就是在外面抗議的王八蛋，竟糊裡糊塗地聘用了他。某日，亂場仔於櫃檯服務，一名顧客上門。

亂場仔：你好，請問要什麼？

顧客：我來一號餐。

亂場仔：一號餐不推薦。

顧客：二號餐呢？

亂場仔：也不推薦。

顧客：三號餐也不推薦咯？

亂場仔：套餐有薯條，你願意吃不新鮮反覆油炸的薯條嗎？

顧客：不願意。你推薦什麼？

亂場仔：單點。

顧客：好，我單點一個雙層起司漢堡。

亂場仔：不要雙層。

顧客：那就單層吧。

亂場仔：最好是沒層。

顧客：什麼意思？

亂場仔：不要起司，起司會讓你胖。

顧客：那就不要起司。

亂場仔：最好也不要牛肉，牛肉裡面含的瘦肉精可能會導致動脈硬化或血管堵塞。

顧客：這麼可怕？我看我還是點麵包和蔬菜吧。

亂場仔後腦不長眼睛，不知道女店長早就悄然出現在他後頭。

亂場仔：麵包也不推薦。

顧客：麵包也不行？

亂場仔：麵包是澱粉類精製食物，含有很多糖分，過度食用會導致血糖升高，中性脂肪增加。

顧客：還剩下什麼可以點的？

亂場仔：蔬菜。

顧客：就點蔬菜吧。

亂場仔：對不起，我們這裡是速食店，不是素食店，如果只要蔬菜，請光顧隔壁的養生沙拉店。

顧客：好，謝謝你！

顧客帶著感激的心情離去。亂場仔說：「下一位！」女店長重重地打在他後腦杓，說：「下一位你個頭！你是來工作還是來搞破壞的？馬上給我滾！」亂場仔自知理虧，不敢不從。

亂場仔：走之前，可不可以資遣我一頓午餐？

女店長：你要什麼？

亂場仔：一號餐。

女店長：你不是說漢堡不健康嗎？

亂場仔：偶爾吃又不會怎樣，哪那麼嚴重的。

女店長：都是你的邏輯。拿去！

女店長把那盤食物端給亂場仔。在女店長監視下，亂場仔拿著食物，走到角落的一張餐桌，吃將起來。這時，我走進速食店，在亂場仔對面坐下。

冷伯：你不是拒絕垃圾食物嗎？

亂場仔：又來了，台灣人也太假仙了吧，再毒的東西也不知吃喝了多少年，還會在乎區區一粒漢堡？

冷伯：都是你的邏輯。快吃，吃完爬山去。

亂場仔滿嘴食物，語焉不詳地發出聲音。小心別噎著，我說。眼看女店長仍舊虎視眈眈的看著他，亂場仔決定放棄食物，說，咱們到外面說話。兩人來到騎樓。

亂場仔：關於爬山，我們要換一座山。

冷伯：為什麼？

亂場仔：貓空不能去。

冷伯：怎麼啦？

亂場仔：貓空的茶農聯合起來不准我去，他們說如果再看到我就會打斷我的狗腿。

冷伯：又發生什麼事了？

亂場仔：唉，前天我獨自上貓空，在半山腰瞧見一個茶農坐在他家門口的矮凳上抽菸。這時，他的鄰居正好來串門子，也是一副悠哉的模樣。鄰居說：「很久沒相幹。」主人回道：「幹你娘，來喫茶。」鄰居接著說：「好啊，幹你娘。」我覺得兩人的互動很親切，心想入境隨俗準沒錯，於是對他們說：「幹你娘，請問步道往哪走？」

冷伯：他們如何反應？

亂場仔：居然生氣了。從三字經變成五字經、八字經，不但用茶水潑我，還把我像野狗似的趕走。

冷伯：你活該，誰叫你黑白幹。

亂場仔：我只是學他們說話啊。

冷伯：髒話除了有語氣輕重之別，還涉及情境脈絡。在農業時代，「幹」其實是好字。對古早人而言，性交和生生不息的自然相呼應，與潮汐及四季的更迭同步調。「幹」就是「幹」，原本不具猥瑣的成分，更毋需美化為「做愛」，它是與生俱來的動物本能，它不但抗拒死亡，更禮讚生命。然而，不幸的是，進入工業社會後，「幹」被汙名化了，其正面屬性逐漸為人淡忘，只剩詛咒他人的負面意涵。尤其到了後來，當「幹」被「炒飯」取代時，交合，已和靈肉無關，更和大自然的律動脫節。想想，只有鍋鏟的畫面，還有啥情趣可言？這豈止是文字的墮落、想像的退化，更是少子少孫乃至絕後的前兆啊。

亂場仔：幹，看不出來你還是語言學家。

冷伯：這裡的「幹」就用對了。

亂場仔：原來，說「幹」的時候要看時候。

冷伯：和場所。比如，在這裡就不適合說「很久沒相幹」。

亂場仔：那麼，在漢堡店該當如何打招呼？

冷伯：很久沒吃漢堡。

亂場仔：幹！

冷伯：你完全學會了。

6.

百業蕭條，全職空缺少了，打零工的機會也愈來愈渺茫，不僅有家眷的男女苦不堪言，即連亂場仔這種只求溫飽的單身漢也直呼受不了。還好，洗廁所、撿垃圾，任何工作亂場仔都願意幹。不過，他最喜歡的工作是擔任臨時演員，在電視劇裡飾演路人甲或端餐盤的服務生或慘遭貨車輾斃的屍體。

亂場仔曾跟我透露，「成為專業演員是我從小的志向。我不時換工作是為了體驗人生，哪天被識貨的導演發掘時，這些經驗都是容我發揮優質演技的軍火庫。到時候，你等著瞧：A star is born!」亂場仔發音不好，Born 聽起來像極了彈藥爆射的「迸」。

有天，機會敲上門。

亂場仔：（發出敲門聲）扣扣。

冷伯：誰啊？

亂場仔：機會。

冷伯：什麼機會？

亂場仔：反應太慢，機會走了。

冷伯：別鬧了，我在講你的故事。

亂場仔：抱歉。Please!

冷伯：有一天，《娘家》的導演相中了亂場仔，將他從路人甲晉升至只有一句台詞的演員——「吃飽沒？」拿到劇本時，亂場仔雙手微微一顫，心想演藝生涯的突破就靠這句台詞。等通告的那些日子，他不但日夜在家面對鏡子，反覆演練台詞，且出門時逢人便說「吃飽沒」。

亂場仔：吃飽沒？吃飽沒？

冷伯：然而等到拍攝日期確定了，亂場仔反倒有點怯場，深怕到時會砸鍋，於是求教於我這位戲劇大師。

亂場仔：我很怕忘詞。

冷伯：只有一句台詞怎麼會忘？

亂場仔：或者是，台詞說得不夠味。

冷伯：「吃飽沒」需要什麼味？

亂場仔：你不是說過，無論什麼語言，都要看它的情境和脈絡嗎？

冷伯：當然。作為台灣最古老的寒暄語，「吃飽沒」可以是單純的問候；它的用意不是詢問對方吃過飯沒，或有沒有吃飽，而是釋出善意。為什麼是「吃飽沒」，而不是「睡飽沒」？答案很簡單：民以食為天；尤其農業時期，生活清苦，吃飽了才可以幹活，幹活是為了吃飽。美國人寒暄不說「吃飽沒」。我剛到美國留學時，逢人便說：Have you eaten? Have you eaten? 像個大白癡。美國人不問吃飽沒，並不表示他們一向富足、吃飽了撐著。他們用「天氣不錯」來打招呼的道理是一樣的：有好天氣，才有好收成。但是，記得《沉默的羔羊》裡那個吃人心肝內臟的醫生吧？如果由萊特醫生來說「吃飽沒」，天啊，這句話就變得恐怖而令人倒胃了。因此，討論「吃飽沒」該有多少張力之前，咱們得先確定這句台詞的對象是誰，你和他又是什麼關係。

亂場仔：對象是女主角，我演她的鄰居。

冷伯：女主角鄰居？這下子麻煩了。

亂場仔：怎麼啦？

冷伯：假設你演一個好色之徒，每天偷窺女主角進進出出，覬覦她，肖想她，那麼「吃飽沒」就可以說得有點猥褻，略帶侵略性，一副要把她生吞活剝的模樣。

亂場仔：（一副色相）吃飽沒？

冷伯：或者，如果你跟她曾經為了某事起過爭執，則「吃飽沒」應該說得咬牙切齒，帶有潛台詞的底蘊。

亂場仔：什麼潛台詞？

冷伯：嘴巴說「吃飽沒」，心裡想的其實是：希望你噎死！

亂場仔：這麼複雜？

冷伯：當然複雜。尤其你參與演出的是《娘家》，編劇的功力一級棒，字字殺機，句句張力。

亂場仔：（咬牙切齒）吃飽沒？

冷伯：如果你手上有一粒橘子更好，邊說邊把它捏成果汁。

亂場仔：（作捏狀）吃飽沒？

冷伯：太好了！

亂場仔：可惜你搞錯了，我演的不是《娘家》，是《良家》，是大愛，不是民視。

冷伯：大愛？搞了半天你在浪費我時間。大愛需要什麼張力？大愛不要張力。明天你就隨便說，保證一次ＯＫ。但是，千萬記住——

亂場仔：記住什麼？

冷伯：要記得忘掉我剛才舉的例子，尤其那個食人魔。

亂場仔：食人魔？好，好。

拍攝當天，亂場仔偏偏忘不了食人魔，ＮＧ六十五次。後來亂場仔告訴我，「開拍之前在攝影棚，我找飾演女主角那個明星討論劇本，討論我演的角色與女主角之間的關係，討論『吃飽了』該怎麼說，她壓根懶得理我，以為我癩蝦蟆想吃天鵝肉。後來，她居然搞尿遁，對我說，『對不起，我的膀胱快爆了。』」

冷伯：這年頭，人們講話越來越粗俗。以前人們要方便時，一般不說「我要上廁所」，更不會說「我要去尿尿」或「快爆了」，總是優雅地起身、含蓄地說：「對不起，我去洗手間，馬上回來。」更委婉的人會說：「失陪，我去去就來。」

亂場仔：那時候的「去去」代表「尿尿」？

冷伯：或「大大」，誰曉得！英文也有類似的委婉語。只有鄉巴佬才會愣頭愣腦地問：「喂，約翰在哪？」

亂場仔：約翰是廁所？

冷伯：約翰有時是廁所，有時是嫖客。

亂場仔：約翰真慘。

冷伯：我最慘，大學時我的英文名字就叫約翰。剛才說到哪了？對，只有二楞子才會說：「老兄，廁所在哪？」

亂場仔：不然該怎麼問？

冷伯：饒恕我，請問休憩室在哪？

亂場仔：這麼麻煩！

冷伯：還有更麻煩的說法。某些場合，要方便的淑女會說：「失陪，我得去為我的鼻子上點粉。」

亂場仔：假裝去補妝，這我懂。

冷伯：尿急的紳士則會說：「失陪一會兒，我得見某人關於一匹馬。[1]」

亂場仔：上廁所跟馬有啥關係？

冷伯：據我所知，這和賭馬有關，但用在這裡，「賭馬」只是幽默的遁辭。

亂場仔：所以，當一個男人說他「得見某人關於一匹馬」時，他其實是要去尿尿。

冷伯：你總算懂了。

亂場仔：因此，假使他真的要賭馬卻不便直說的時候，他應該會說，「對不起，我要去尿尿。」

冷伯：這個話題不好，老子快爆了。

---

1 See a man about a horse.

7.

一直都是冷伯說我，現在換我亂場仔說他。

這位冷伯兄，好發議論，好為人師。這不是他的錯，他的職業是老師。對於很多事他都有強烈的預感，但到頭來他的預感總是強烈錯誤。他很惶惑，對於人生，對於世界，唯一不惶惑的是他自己的惶惑。這個世界我不認識，他常說。冷伯似乎對某種生活方式有些憧憬，至於是哪一種生活方式他自己也說不明白——以上是他正常的一面。

有一段日子，他病了，患了嚴重的職業病。某天下課，他從學校散步回家，一面走一面欣賞途中的一排榕樹，景致再熟悉不過了，然而就在難得放空的時刻，冷伯體內某個環節鬆脫了，鬆脫的聲音極其細微，就像土石崩塌前一粒沙土的滾動那麼的細微，連他自己也沒聽到。突然，他開始為榕樹打分數，還下命令：「站好！懶懶散散，成何體統，七十三分。鬍子為什麼沒刮？有沒有紀律？六十五分。家裡沒大人啊，小心我把你們給當了！」真的家裡沒大人，冷伯整個人就像家裡沒大人似的，走調而離了譜。那些榕樹一副無辜狀，不知做何反應。

冷伯回到家，冷妻正在準備晚餐。

冷妻：今天怎麼這麼晚？

冷伯：在學校打分數。

冷妻：你先吃，待會還有你喜歡的海鮮炒麵。

冷伯吃了幾口，說：「糖醋排骨可圈可點，九十分！花枝炒芹菜毫無創意，七十六分。鮮蚵豆腐討喜，基本分八十三，可惜不是傳統豆腐，扣六分，勾芡過頭亦為敗筆，扣八分，加總六十九分。」這時，冷妻剛好走來，把手裡那盤海鮮炒麵倒在冷伯頭上。「你吃吃看，這盤炒麵幾分？」冷伯抓起頭頂上的蝦仁，試吃一口，說有點鹹。就在震怒的冷妻決定要把冷伯死當的時候，她意識到，冷伯生病了。這個從來不在乎吃也不懂得吃的書呆子生病了。

冷妻過去抱著冷伯，後者的頭稍稍一偏，好似船隻靠岸似的，服貼在她胸膛裡。沒關係，沒關係，冷妻輕輕的說。

經過一個學期的修養，以及老婆和女兒的照顧，冷伯慢慢恢復正常，然而他卻又掉進了另一種不正常：他越來越少出門。其實，冷伯不敢出門，台北的節奏讓他頭暈目眩，社會的光怪陸離讓他心生恐懼。不知是福是禍，就在他難得出門的那一次，因為一場小意外，他遇上了我。我常常到冷伯家打混，某天不小心聽到夫妻倆的對話。

冷妻：我今天逛街看到這個，買回來送你。

冷伯：鑰匙串？

冷妻：上面有字。

冷伯：「每個成功男人的背後，都有一個女人——在翻白眼。」可是，我不成功啊。

冷妻：所以你要爭氣啊，跟你結婚這麼久從來就沒機會翻過白眼。

冷伯：原來是這個用意，謝謝妳的勵志鑰匙圈。

這時，我剛巧從冷伯的書房走向客廳。

冷妻：亂場仔呢？

冷伯：在我書房補眠。

冷妻：他到底住哪？

冷伯：不知道，他有沒有地方住我也不確定。

冷妻：你是他朋友怎麼會不知道？

冷伯：我們是朋友，可是到底算哪門子朋友我也搞不懂。關於他的事，他很少說，我要是問了，他就顧左右而言他。不僅是他有沒有家，他到底有沒有家人我也一無所知。

聽到這些，我決定悄悄走回書房。

冷妻：我聽到一些傳言。

冷伯：哪來的傳言？

冷妻：街坊鄰居。

冷伯：社區的八婆與八公。

冷妻：有人說亂場仔家裡以前是田僑仔，但是後來被他敗光了；有人說，不是被他敗光，是被他老婆賭光的；還有人說沒有人敗光，是亂場仔看破紅塵，把家產全部送給老婆，從此一個人到處流浪；但是這些說法又被另一種說法推翻，他們說亂場仔根本沒有什麼祖產，他一直是個成天無所事事的羅漢腳。

冷伯：所以呢？

冷妻：我也不知道。我去做菜，待會兒叫亂場仔起來吃飯。有時候，我覺得亂場仔像是咱們的小孩。

冷伯：我跟他年紀差不多妳知道吧？

冷妻：我當然知道。我只是覺得看到他很親切，好像以前見過，但是忘了在哪見過。

冷伯家裡不大，雖然在書房，我還是聽得到兩人的談話。冷妻走進廚房不久，冷伯十七歲的女兒來到了客廳。

冷女：爸。

冷伯：嘿。怎麼啦？一副悶悶不樂的樣子。

冷女：沒有。

冷伯：怎麼沒有。

冷女：媽叫我不要問你。

冷伯：為什麼？

冷女：她說你太負面，問你只會讓我更加迷惑。

冷伯：胡說八道！妳問。

冷女：你覺得我有文學天分嗎？

冷伯：哦，一般資質的人不管念什麼科系都可以畢業，不用扯到天分，況且不見得每個人都得出類拔萃。

冷女：你是說我資質一般，不會出類拔萃？

冷伯：不，我是說爸媽不指望妳功成名就，那是不切實際的想法。
冷女：所以我這輩子不會功成名就？
冷伯：我沒這麼說啊。妳知道我對人生的看法吧。
冷女：媽媽叫我十八歲前不要單獨聽你講人生。
冷伯：為什麼？
冷女：她說你太悲觀，對我會造成不良的影響。
冷伯：好，把媽媽找過來，我在她面前講給妳聽總可以吧？
冷女：不可以。我不和媽媽講話，也拒絕和她在同一個房間。
冷伯：又怎麼啦？
冷女：她說我胖。
冷伯：妳不——胖啊。
冷女：你也覺得我胖！原來你不但嫌我胖，還認為我沒有文學天分，不會出類拔萃、功成名就。我早就知道不該問你的。

冷女氣沖沖的回到自己房間。這時，冷妻回到客廳。

冷伯：妳為什麼要說咱們女兒胖？

冷妻：我哪有說她胖，只是有一天她穿著洋裝問我好不好看，我說有點緊，她就受不了了。緊跟胖有什麼直接關聯啊？就為了這個，她好幾天不跟我說話，也不願跟我同處一個空間。

冷伯：她怎麼突然對文學有興趣？

冷妻：誰曉得。記得她才國二的時候我們到餐廳吃飯，女兒愛上了店家的玉米濃湯，喝一口讚美一口。

夫妻倆彷彿回到過去時光。別問我為什麼，我就是知道他們正在回憶。

冷女：這湯超讚！

冷伯：尚可。

冷女：我將來要開一家玉米濃湯專賣店。

冷伯：只賣玉米濃湯？

冷妻：可能要多點種類，比如牛尾湯、菠菜湯、南瓜湯、洋蔥湯……

冷伯：別忘了法國麵包。

冷女：這是我的店，還是你們的店？

冷伯：我們只是建議要多元經營。

冷妻：對啊，這樣顧客才會一直上門。

冷伯：還可以開分店，甚至搞加盟連鎖。

冷女：這是我的人生，還是你們的人生？

兩人回到了現在。

冷妻：過沒幾天，她早把創業的念頭給忘得一乾二淨，直到有天她嘗到了可口的滷肉飯，又立志要開一家滷肉飯專賣店，當我提醒她「別忘了筍絲和白菜滷」，她又不高興了。

冷伯：咱們女兒好像志向不高。

冷妻：這不是很好嗎，省得我們做啦啦隊。

冷伯：也對，咱們倆志向又高到哪兒去。

冷妻：我最記得她三四歲的時候，不高興就要離家出走。

冷伯：是啊，背起她的包包，帶著小熊維尼，就往門口走。

冷妻：我們倆很有默契，都安坐在沙發上跟她說掰掰。

冷伯：她看我們這麼狠心，眼淚就掉下來了。唉，妳主動跟女兒說話吧。

冷妻：給她一點時間，最近她壓力大。

冷妻回到廚房。不久冷女出現，看她穿著，顯然要外出。

冷伯：出去啊？

冷女：嗯。

冷伯：去哪？

女兒停下腳步，不回答。

冷伯：妳也不跟我講話？

冷女：去找朋友。

冷伯：約在哪？

冷女：公館。

冷伯：不跟媽說一聲？我們家雖然姓冷，也不能太冷清吧。

冷女：什麼意思？

冷伯：你們兩個總是要和解的吧？我們家有三個人，可是我怎麼感覺只有兩個人。

冷女掙扎片刻後，對著廚房說，媽，我出去一下。從廚房傳來媽媽的冷靜卻激動的聲音：好，早點回來。

8.

剛才去約翰，害得我說話權被亂場仔搶了，竟然透露我家裡的隱私。咱們換個話題，不要老在我和亂場仔身上打轉。

話說憂鬱的台北住著一對戀人，這對戀人陷入了憂鬱。兩人打不定主意，或者分手，或者一起離開台北。某天夜裡，失眠的那位走到另一位住所的窗下，就這麼唱起歌來。他帶著吉他，唱著他自己的歌。

戀人：親愛的，今晚我不想唱情歌
　剛才在ATM，發現帳户沒有餘額
　硬著頭皮刷卡，還好只點了一杯可樂
　不好意思，這位人客
　服務員說，你的信用是垃圾

　油電雙漲，社會紛擾，國際動盪

真想關起門來，就這麼一躺
房價攀升，股市低迷，問老闆加薪
他說：No! Fucking no!
看到街友，想起我的心裡土石流

親愛的，今晚我想獨處
剛才在誠品，買了一本教人賺錢的書
書中自有千鍾粟；書中自有黃金屋
上網 Google 作者
原來他欠一屁股債務

樂音動人，歌聲懇切，怎奈歌詞裡的親愛的吃了安眠藥，睡得好熟好熟，完全沒聽見。但戀人沒有白唱，被音符輕輕搖醒的鄰居，跟著合起聲來，彷彿社區是個大舞台。

油電雙漲，社會紛擾，國際動盪
真想關起門來，就這麼一躺
房價攀升，股市低迷，問老闆加薪
他說：No! Fucking no!
看到街友，想起我的心裡土石流

接著是失眠戀人獨唱，我們邊聽邊偷偷留下眼淚。

親愛的，今晚我不想唱情歌
十字路口一位殘障弟兄在賣毛巾
泡沫紅茶店有四個業務員在打大老二
十輛計程車中有八輛是空車
昨天有人失業今天有人受騙
不敢翻開報紙，不敢打開電視
我只想思念你，只想說我愛你

切莫怪我親愛的
今晚不想唱情歌

又輪到我們：

油電雙漲，社會紛擾，國際動盪
真想關起門來，就這麼一躺
房價攀升，股市低迷，問老闆加薪
他說：No! Fucking no!
看到街友，想起我的心裡土石流

歌曲結束後，社區居民紛紛關上窗戶，打開冷氣。明天很快到來。

9.

有時，我和亂場仔談話，學詩人懶惰，標點符號全省下了。

冷伯：時代越科技
亂場仔：人們越迷信
冷伯：這是什麼道理
亂場仔：沒有人說得分明
冷伯：台北很現代也很後現代
亂場仔：聽說台北早已後後後現代
冷伯：就像每一個都會一樣
亂場仔：台北有自己的傳奇
冷伯：士林有一條街叫雨農路
亂場仔：雨農路上有一座廟

冷伯：廟的兩旁有兩尊石獅
亂場仔：兩尊石獅都不動
冷伯：廢話
亂場仔：話說某天廟公倒會落跑了
冷伯：裡面的神明不久後也被抱走了
亂場仔：俗語說跑得了和尚跑不了廟
冷伯：是騙人的
亂場仔：人們議論紛紛
冷伯：沒有神明的廟是不是廟
亂場仔：不久連石獅也不見了
冷伯：這可不成
亂場仔：咱們來

我和亂場仔各就各位，一左一右，充當石獅。兩人非常納悶。

冷伯：咱們在守護什麼啊

亂場仔：趁沒人的時候動一下吧

兩人活動筋骨。這時，一對男女遊客走近，我們趕緊定格。

男遊客：在這。

女遊客：拍照吧。

男遊客：谷哥說它很有名。

女遊客：Google？

男遊客：谷哥，咱們社區裡見聞最廣的谷哥。

女遊客：喔，可是怎麼沒聽維祺說過？

男遊客：Wiki？

女遊客：維祺，我那個無事不通的表妹維祺。

男遊客：喔，維祺表妹。等一下，不要拍照，神明不見了。

女遊客：啊！怎麼不見了？

男遊客：別拍了，沒意思。

女遊客：不拍這一趟就白走了。咱們拍石獅怎樣？

男遊客：石獅有什麼好拍的。

男遊客望向廟前的小溪，女遊客拍照。閃光時，兩頭石獅居然擺起 pose，把女遊客嚇了一跳。

女遊客：欸？獅子動了！

男遊客：哪有？

一二三，木頭人。男遊客回頭看，石獅恢復原狀，等他一轉身，又做 pose。

女遊客：又動了。

男遊客：胡說八道。

女遊客：真的動了。

男遊客：胡扯，石頭怎麼能動？
女遊客：走吧，我有點怕。

女遊客拉著男遊客慌張地離開。

亂場仔：這間廟有多久
冷伯：咱們就在這兒蹲多久
亂場仔：看盡所有遊客
冷伯：和土著
亂場仔：不是土著，是當地人
冷伯：我們看盡人生百態
亂場仔：我們笑笑看待

有點長的沉默，亂場仔突然站起來。

冷伯：你去哪？

亂場仔：我得去草叢見某人關於一匹馬。

亂場仔狼狽地走開。我覺得無聊，蹲得有點腰痠，很想找個地方躺躺。我瞧向那偌大的供桌，沒有神明的供桌還算不算供桌？心裡這麼想，身體自然地躺下了。即便它是供桌也罷，把自己當作獻給神明的牲口。神明，接收我吧。

有時，很累、該睡卻睡不著的時候，我厭世，希望上天把我帶走。還好這些年，我學會對付不好的念頭，告訴自己，我只是累了，此時關於人生毫無意義或所有成就盡是虛妄的念頭，只是情緒。我要為自己加油，我必須偷偷地成為自己的啦啦隊，咧開嘴巴，微笑狀，告訴自己，沒事的。不是蓋的，很有效。

然而躺在供桌上畢竟不敬，我越躺越慌，索性窩在供桌底下。不多時，長年失眠的我竟然在不吃安眠藥的情況下，滑入夢鄉。寤寐間，我恍惚憶及某回與精神科醫師的遭遇戰。

冷伯：發病之後，也就是為榕樹打分數之後的某天，我們一家三口去看海。我開車，從萬芳下，右轉進辛亥隧道，在隧道裡，女兒突然說她的一個同學昨天自殺了，老婆問女兒關於她同學的細節。我不太想聽，可越不想聽，就越覺得不舒服，等到開上建國高架時，我幾乎崩潰。我開到路邊違規暫停，跟她們說，開不下去了。

女醫師：後來呢？

冷伯：從那天起我再也沒有開車。

女醫師：不開車會困擾你嗎？

冷伯：不會，很環保。

女醫師：會不會讓你感覺不像男人？

冷伯：啊？

女醫師：沒事。後來呢？

冷伯：不開車就像是倒塌的第一張骨牌。後來，我懼高、怕快速，更怕龜速、怕人群，也怕獨處、怕旅行，更怕從此困守台北。

女醫師：你毛病真多呢！

她脫口說出感言，我不禁從躺椅半坐起身瞄她。

女醫師：對不起。
冷伯：請保持專業。
女醫師：對不起，請繼續。
冷伯：我毛病這麼多，算不算個廢人？
女醫師：是的。
冷伯：啊？
女醫師：聽我說完。是的，這些症狀會造成你生活上的不便，但是變成廢人倒不至於。這就是你在這裡的原因，我們要找出你精神官能症的根源，基本上，你沒救了。
冷伯：妳有毛病嗎，醫生？
女醫師：對不起。不瞞你說，我有個小毛病，我盡量克制但不是完全成功。我有時會衝動地把心裡的意識說出來，讓我的病人很困擾。
冷伯：妳還有病人已經是奇蹟了。

女醫師：要你管！我其實只剩下你一個病人。
冷伯：我老婆堅持要我看心理醫師，而且堅持一定要找妳。
女醫師：我們是高中同學。
冷伯：妳們自己搞同學會嘛，幹麼連累我呢？
女醫師：沒關係啦，試試看。談談你老婆吧，她會不會覺得嫁給你很衰呢？
冷伯：她跟妳說嫁給我很衰嗎？
女醫師：沒有。
冷伯：妳這是專業回答，還是真話？
女醫師：真話。

10.

其實還沒結婚前，妻子已經知道我有很多毛病。我們相識的那天就是我懼高症第一次發作的時候。那時我住新店，某天散步到碧潭，邊走邊想事情，等我發覺時已走上了吊橋。碧潭吊橋我走過很多次，不是問題，偏巧這時來了一個第一次上吊橋的鄉巴佬，興奮得無以名狀。

鄉巴佬：（邊說邊搖）吊橋耶！

冷伯：好了，請不要搖！

鄉巴佬：（邊說邊跳）吊橋耶！

冷伯：請不要跳！

鄉巴佬：會不會斷掉啊！

冷伯：你他媽……啊，啊，啊……

我當場昏倒在吊橋上。鄉巴佬邊跑步下橋，邊嚷著，糟糕！救命啊！有人昏倒在吊橋上。此時，之後成為我妻子的女子奔上橋，緊跟在她後頭竟是年輕時的亂場仔。

冷妻：昏倒了！怎麼辦？

亂場仔：妳幫我，我們把他抬下橋。

兩人試圖抬起我，但抬不動。

女子：這樣太慢。

亂場仔：那怎麼辦？

女子：你懂不懂急救？

亂場仔：人工呼吸？

女子：是。

亂場仔：嘴對嘴？

女子：當然，難道還嘴對屁股？

亂場仔：我不會。

女子：什麼不會？是嘴對屁股還是嘴對嘴？

亂場仔：嘴對嘴不會。

女子：我也不會。

亂場仔：妳試試。

女子：他是男的，當然是你來。

亂場仔：這樣講有點怪怪的。

女子：快啦，救人要緊。

亂場仔：好吧。

年輕時的亂場仔俯身對我做嘴對嘴人工呼吸，看似毫無效果。其實亂場仔和女子討論時，我已略微甦醒，迷茫地看著兩人的輪廓。

亂場仔：沒有用。

女子：這下怎麼辦？不能讓他一直昏迷不醒啊。

亂場仔：可能我做的不得要領，妳來試試。

女子：真的嗎？好吧，我來試試。

聽到女子說「我來試試」，我趕緊閉眼昏迷。女子俯身，不久，我假裝逐漸甦醒，正當我的舌頭蠢蠢欲動之際，年輕時的亂場仔說，還是妳比較行，恭喜，我走了。我們倆這時才回神地分開。

冷伯：剛才不是有位好心人嗎？

女子：是啊，人呢？

冷伯：應該謝謝他的。他長什麼模樣？

女子：長得滿臉福相。我常常在附近看到他，應該是碧潭人。奇怪……

冷伯：怎麼啦？

女子：他臨走前跟我說恭喜。

冷伯：為什麼說恭喜？

女子：不知道。

冷伯：是不是恭喜妳救我一命？

女子：大概吧。

冷伯：我這麼說請你不要介意。

冷妻：你說。

冷伯：我從未想像嘴對嘴人工呼吸可以如此纏綿。

冷妻：三八，你的意思好像是說我趁人之危。

冷伯：陪我喝杯咖啡吧。

女子：好啊。

冷伯：不行，咖啡讓我心悸。

女子：可以喝果汁。

冷伯：果汁給我胃酸。

女子：散步呢？你不會說讓你腿軟吧？

冷伯：開玩笑，男人怎麼可以說自己軟。

女子：你在跟我開黃腔嗎？

我倆起步，就這麼走在一起，走過了四季。

時在中春，陽和方起。

冷伯：春風它吻上了我的臉，告訴我現在是春天。

女子：誰說是春眠不覺曉，只有那偷懶人兒才高眠。

冷伯：讓春風吹到我身邊，輕輕的吻上我的臉。

女子：趁著那春色在人間，起一個清早跟春相見。

冷伯：你看那雲層。

女子：恰似江水奔騰。

夏日炎炎，我熱情如火。

冷伯：好熱喔，結婚吧。
女子：什麼邏輯？
冷伯：重來：好熱喔句點結婚吧。
女子：會不會太快了？
冷伯：怎麼會快？我們已經走了三個月。
女子：慢慢來。
冷伯：要多慢？
女子：等秋天再跟我求婚。

秋日淒淒，我的憂鬱症犯了。

女子：你看，從這裡看得到一〇一。
冷伯：從哪裡都看得到一〇一。
女子：你看那雲層。
冷伯：是霧霾。

女子：秋天到了。
冷伯：是啊，掉毛的季節。
女子：秋天到了。
冷伯：妳說過了。
女子：我以為你會跟我求婚。
冷伯：慢慢來。
女子：要多慢？
冷伯：有點涼，下山吧。

北風其涼，攜手同行。

冷伯：好冷喔，我們結婚吧。
女子：你當我是電暖爐？
冷伯：不是，我要當妳的棉被。
女子：你在跟我開黃腔嗎？

冷伯：是的。
女子：咱們結婚吧。
冷伯：好啊。

11.

亂場仔最近被他的朋友老張列為拒絕往來戶。老張不是第一人，更不會是最後一個，遲早我也會狠下心來。

緣由如此：老張就讀高二的兒子國文期末成績不及格，回家向爸爸哭訴，原來國文老師這學期大開殺戒，一口氣當了班上三分之二。輾轉與一些被當學生的家長們取得了聯繫，老張決定隔日率眾到學校找校長理論。這時，老張犯了兩個致命錯誤：第一，他不該告訴亂場仔這件事；第二，他更不該讓亂場仔跟去。

校長室內張力緊繃，空氣也好像嚇到了，凝滯著不敢流動。被校長找來說明的張老師面對個個板著臉的家長們，字正腔圓地答辯：「余豈好當哉！余寧給高分，亦不願見爾等不及格。我當然可以網開一面，但如此一來便未盡為師者的天職。這一代年輕人的國文程度已經夠差了，若不嚴格把關，無異為社會生產近乎文盲的高中畢業生。」此話一出，引來一陣抗議：「居然說我女兒是文盲」，「講話捲舌兒就了不起嗎？」就在眾家長輪番叫囂、校長安撫未果時，亂場仔說話了：「各位，請容我說句公道話。假使我們能排除本位主義，仔細思索張老師的考量，我覺得其中不是沒有用心良苦的一面。」不用說，攻擊的箭靶登時轉向，等大夥兒發覺亂場仔並非抗議家長，只是跑來湊熱鬧的，便立即將他攆出去。

即便如此，亂場仔訴說上述遭遇時，不但不覺挫敗，反而流露著興奮之情。

「你可知教改為何失敗？」他問道。

「因為負責教改的蛋頭都是白癡？」我回道。

「不是，」他說：「因為現在的老師都不當學生。」

我憋住反應，心想肯定還有下文，果不其然，他接著說，「我打算號召一批人，好好搞一場『留級運動』，要求各級教師負起把關從嚴之重責。」

「你不覺得台灣運動夠多了嗎？」相對於亂場仔大小街頭抗爭無役不與，我這輩子對於團體活動從來就冷感至極。

亂場仔不理會我澆冷水，沒過幾天便邀集二三十人到自由廣場鼓吹「留級運動」。此舉轟動一時，媒體競相報導，身為發言人的張老師更是慷慨激昂，對著鏡頭猛噴口水，「我為這場運動打九十三分！」背後還圍著一群人高喊口號，「當當當！就是要死當！」

眼看「留級運動」即將獲得教育界熱烈響應時，某週刊突然爆料：所有運動參與者，包括亂場仔在內，皆不具「家長」身分，不過是一群家裡沒有學童的無聊分子。這場崇高但短命的教改運動頓時成了全國的笑話。

之後，無法再動員任何人的亂場仔轉往地下，打游擊，化身異議忍者龜。話說某日，亂場仔和董事長一起走出建築公司。亂場仔兩手托著一個廣告看板，上面寫著：「億萬豪宅，千萬閃開！」董事長西裝筆挺，戴墨鏡。

董事長：你到忠孝東路和敦化南路的十字路口。

亂場仔：站在馬路中央嗎？

董事長：你不怕撞死我也不反對，哈哈哈。

亂場仔：董事長真豪邁。

董事長：大家叫我豪哥。

亂場仔：豪哥蓋豪宅，天經地義。可以請問豪哥一個問題嗎？

董事長：問吧。

亂場仔：豪哥的豪宅一坪賣多少？

董事長：怎麼？你想買？

亂場仔：我怎麼買得起，只是怕有人問起而我不會回答。

董事長：我教你怎麼回答。假裝我是你，你是路人，你問我一坪多少。

亂場仔：請問一坪多少？

董事長：這位先生，你如果需要問一坪多少表示你買不起，哈哈哈，你懂了吧。

亂場仔：董事長真豪邁。

董事長：等一下，看板背面是什麼？

豪哥把看板翻過來，另一面寫著：「假的豪宅，千萬別買！」

董事長：這什麼意思？

亂場仔：你放心，這一面待會兒我會蓋起來。上班時段，我會秀出廣告，下班後，我才會顯現這一面。

董事長：你誰找來的？

亂場仔：我自己找來的。

豪哥走開幾步，打電話，對著手機怒吼，「喂，馬上帶人過來，越多越好。」不多時，年輕打手出現，後面跟著大姐頭，兩人都戴著墨鏡。

打手：什麼事，豪哥？

董事長：怎麼就你一個？

大姐頭：還有我，豪哥。

董事長：老婆，怎麼是妳？人呢？我不是說越多越好麼？
大姐頭：豪哥，兄弟們都兼差去了。
董事長：我不是叫妳乖乖在家當貴婦嗎？妳怎麼扮起了黑道？
大姐頭：景氣不好，大家要共體時艱嘛。放心，豪哥，老娘能打，你要我打誰？
董事長：好樣的，妳給我打這個人！
亂場仔：啊？你們在說我嗎？

亂場仔丟掉看板，跑給他們追。

閒事管多了，難免遇上黑道。他們追著亂場仔，一直追到豪哥豪宅的工地屋頂。那個貴婦兼大姐頭的女士果然能打，先給亂場仔一拳，再架他一拐，最後一腳將他踢出屋頂之外。亂場仔飛了起來。這時，亂場仔看見台灣。他發覺，傳聞並非虛妄，台灣真是美麗的——爛攤。亂場仔才離地就馬上墜落，眼看這下子完了，哪曉得他福大命大，掉進一個堆滿建材的垃圾場裡面，那些建材要是真材實料，亂場仔自然難逃一死，也真虧豪哥偷工減料，亂場仔竟然毫髮無傷。

12.

只要沒事，我和亂場仔都會回到廟口前守護。

冷伯：沒事吧？

亂場仔：有點喘。

冷伯：休息會兒。

亂場仔：以後不敢亂跑了。

冷伯：當石頭比較輕鬆。

亂場仔：是啊。

冷伯：上工吧。

亂場仔：上工。

兩人坐定，變回石獅。

13.

瑣碎，是我給這個時代的關鍵詞。打開電視看新聞，看到的盡是某人為了個人鳥事勞煩全世界關注，比如被人無理對待，或買了麵包裡面有蒼蠅頭或蟑螂腳而被當作堅果或肉鬆吃下肚，或者是車子被刮、賣菜賣魚的多算了斤兩、水餃的皮厚了餡兒縮小了。說真的，這些關天下啥事？你或許會說，都是媒體的錯。錯！要是這些人不那麼瑣碎地到處張揚，發生在個人身上的小狀況誰會知道？

「在你眼裡，誰不瑣碎？」亂場仔真心好奇，不帶嘲諷的偏頭問道。

「啊？」我一時語塞。人要謙虛，總不能說世上獨剩冷伯我不瑣碎吧。

不得不承認，亂場仔很少瑣碎。他擁有某種氣度或胸襟是我沒有的，雖然他從未將氣度胸襟像識別證似的掛在嘴上。兩人談話，大都是我講他聽，他很少加入，只於我大段演說的結尾處丟一兩句，無心地戳破我為自己吹噓的氣泡。（至少他那真誠的表情讓我覺得先前用心鋪陳、值得寫成警世論文的獨白其實是氣泡，我總是下意識地用虎口擦擦嘴角。）除此，我倆另一項不同是我想太多，他很少想；換句話說，亂場仔行動派一個。

初識亂場仔時我曾暗呼倒楣，不僅嫌他纏人，更覺得那副「人生曼波曼波」的怡然自得不啻諷刺我的存在，爾後才心不甘情不願地慢慢接納這個朋友。但，我們是怎麼樣的朋友呢？關於他的本名、出身背景，甚至住處在哪對我來說都是謎，彷彿他是從石頭裡蹦出來似的，無父無母、無妻無子，無牽掛。他讓我既感覺陌生，又有一點熟悉，一種帶著親切的熟悉；宛如失聯多年的兒時玩伴。

他帶給我的調劑，還真為苦悶的日子增添樂趣。我不時找他殺時間，就某些議題瞎抬槓。自從我輕微自閉復發，鮮少出門後，成天四處趴趴走的亂場仔儼然我的耳目、手腳，為我監視著隨時會出亂子的世界。

有一陣子，病歷中文化的話題引發爭議，對此我也有想法，特地把亂場仔找來家裡討論一番。我說：「我仔細讀過了，反對病歷中文化的論調全站不住腳。某位醫師認為，病歷用英文書寫是為了與世界接軌，改為中文無異開倒車。果若此言不虛，則國家應頒發獎狀給台灣杏林，因為在『與世界接軌』尚未成為濫調前，醫界已率先達成目標。問題是，其他各國醫生都用母語寫病歷，台灣卻堅持用英文，這到底要和誰接軌？接什麼軌？莫非全球醫界有著不為人知的傳統，來自五湖四海的菁英醫師們定期舉辦年度『英文病歷競賽』，票選出字跡最為潦草的冠亞軍？我告訴你，用英文寫病歷根本是知識殖民主義的餘毒！」

每回我促狹地賣弄術語，亂場仔便睜大圓眼，一頭霧水。

「而且，說不定醫生寫的跟病情無關，比如『Miss 林的褲襪真 sexy』；或者所謂病歷只是鬼畫符，做樣子的。」

「這是你的陰謀論，還是證據在說話？」亂場仔問道。

「直覺。」

「明天給你答案。」亂場仔丟下這話便打道回府。

我知道接下來會發生什麼事：一向即知即行的他必會裝病混入醫院，以便探查真相。

隔日，亂塲仔依約造訪，我興奮地開門迎客，卻見他面色無光、兩頰皺癟如酸菜。「怎麼啦？」我問。原來，亂塲仔近日頻尿，心想不如一箭雙鵰，一方面檢查攝護腺，一方面臥底蒐證，於是選中某大醫院的泌尿科，胡亂掛了號。

「我才步入門診室，整個人頓時獃住。打死沒想到，為我看診的竟是個年輕女醫師，我還在驚訝中，她已戴好醫療手套，要我脫下褲子，先探探後面，接著摸摸前面。我糗到不行，任務全給忘了，醫生說些什麼更沒聽見，只想儘早離開。」

我笑著說：「原想一石二鳥，豈料——」亂塲仔急忙打斷：「此刻不宜談鳥。」

亂塲仔不是輕言放棄的人。隔日他再度出征，依我提議，從小診所下手。事前一再沙盤推演，此回勢在必得，非弄來一張病歷據以揭開醫界最大的祕密不可。

走進診所，亂塲仔一切按「腳本」走，哎哎嗚嗚地直喊胃痛。醫生檢查不出任何毛病，只在病歷上寫了些楔形文字。此時，重頭戲上場：亂場仔要求看病歷，醫生一口回絕：「你沒毛病看什麼病歷？」

「剛才明明看你寫了一堆。」

兩人立即吵開，混亂中亂場仔掏出手機，揚言找警察主持公道。劇本裡沒有警察，亂場仔其實搞障眼法，持手機的右手揮來揮去，趁亂將桌上的病歷給拍下幾張。步出診所，亂場仔直奔我家，兩個臭皮匠迫不及待地查看手機。

果真拍到了。

醫生字跡比預期潦草，Ｓ寫得像Ｏ，Ｏ寫得像Ｂ，好不容易才看懂他的英文，原來是ＳＯＢ，我為亂場仔整句翻譯：「這狗娘養的不是瘋子，便是衝著病歷來的。」

14.

午後三點半快樂時光，有人喝下午茶，有人去酒吧，我和亂場仔來到一塊荒地，坐在一輛早已成為廢鐵的裕隆裡面，幻想我們是《福祿雙霸天》裡的藍調兄弟。

冷伯：這裡離恆春四百五十公里，咱們加滿油，還有半條菸，天色已暗……而我們戴著墨鏡。

亂場仔：上路吧。

兩人隨著假想的樂隊，唱起歌來：

似乎來到人生下半場

酸甜苦辣樣樣嘗
說什麼偏食，說什麼孟浪
本人的智慧不在舌尖上

聽說這是人生下半場
過去恩怨全數放
忘了那山丘，忘了那滄桑
有什麼心情儘管大聲唱

（突然變奏，半似饒舌歌）

年輕人我不算老幾怎敢怪你
對於你的處境誰不心有戚戚
時代讓你很 low 老子絕對同意
老師們機歪我曾親身經歷

父母輩迂腐誰不幹在心裡
體制啊體制早已陷入昏迷
所謂共犯結構大概是這個道理
且聽我一句，且聽我一句
沒有人對不起你
千萬別相信
你生在谷底
你有別的選擇
但看你願不願意
別聽人說社會對不起你
他們早已衣食無虞
並非真的關心你
千萬聽你自己
千萬聽你自己
若你自己覺得無力

我他媽為你感到惋惜
若你自己覺得無力
我為你他媽感到惋惜

（轉回豪邁）

雖說這是人生下半場
感謝活得這麼長
去他膽固醇，操他的脂肪
誰說火鍋不能鴛鴦

終於熬到人生下半場
學會減法來記帳
去他的炫富，操他的囂張
做人的道理我說在於藏

間奏時，來上一段相聲也不成問題。

冷伯：在下冷伯。
亂場仔：在下亂場仔。
兩人：上台一鞠躬。
冷伯：請問你，亂場仔。
亂場仔：你問。
冷伯：你最怕什麼？
亂場仔：我最怕中場休息回來，所有的觀眾全都跑開。冷伯最怕什麼？
冷伯：冷伯最怕有一天睡著，還以為自己醒來。
亂場仔：深奧！
冷伯：冷場！
亂場仔：你常跑醫院？
冷伯：就像廚師跑廚房，空服員跑機場。

亂場仔：看病是你的嗜好？
冷伯：慚愧，我拖垮了健保。
亂場仔：你看哪一科？
冷伯：我看遍每一科，就差婦產科。
亂場仔：可以安排。
冷伯：期待。
亂場仔：你最喜歡哪一科？
冷伯：我最喜歡泌尿科。
亂場仔：怎講？
冷伯：脫褲子沒人罵我下流。
亂場仔：下流！你最痛恨哪一科？
冷伯：精神科。
亂場仔：願聞其詳。
冷伯：我看起來很老嗎？
亂場仔：沒有。

冷伯：上個月我痛風，走起路來一拐一拐，才走進精神科門診室，那個醫生就對我說，爺爺，自己一個人來啊？

亂場仔：莫非他以為——

冷伯：我女兒還沒結婚他以為我是含飴弄孫的爺爺！

亂場仔：太超過。

冷伯：我決定報復。這個月，痛風好了，我仍舊一拐一拐的走進，醫生還是說——

亂場仔：爺爺，自己一個人來啊。

冷伯：沒有，今天有兩位朋友跟著一起來。

亂場仔：可以請他們進來呀。

冷伯：他們已經進來了呀。

亂場仔：在哪？

冷伯：就在我左右，沒看到嗎？他們是我的護法，左邊是左金剛，右邊是右金剛。這時，那個醫生丈二金剛摸不著頭腦。

亂場仔：終於整到他了。

冷伯：且慢，他最後還是整到我了。
亂場仔：怎麼說？
冷伯：我原本只是憂鬱症，他把我加碼成精神分裂。
亂場仔：果然是：看病看病，越看越病。
冷伯：坐好了嗎？
亂場仔：手機關了嗎？
冷伯：繫上安全帶！
冷伯：上路咯！

兩人唱著〈人生下半場〉最後兩段：

就算這是人生下半場
眼看俗辣得意洋洋
看什麼醫生，吃什麼藥方
照說老子本該無欲則剛

Who cares 咱們在人生下半場
你我同心無惆悵
不必再嘀咕，不必再嚷嚷
本人的智慧不在舌尖上

蔓草隨風搖曳，好似陶醉在歌聲裡，天空也給了鼓勵，特地下起了雨，劈哩啪啦打在生鏽的車頂。

15.

我和家人住在一個設有圍牆、鐵門和警衛亭的社區。某日，妻子下班後驅車回家，走出地下停車場時，在路口處遇到社區住戶主委。

主委：冷嫂，下班啦？

冷妻：是啊，主委，出去啊？

主委：不是，我在等妳。

冷妻：什麼事？

主任：有件事想跟妳商量。

冷妻：什麼事？

主任：那位亂、亂先生常來你們家串門子喔？

冷妻：是啊。

主任：這個嘛，事情是這樣子的，這個……

冷妻：到底什麼事？

主委：咱們幸福村社區最近在醞釀一個動作。

冷妻：又不是便秘需要醞釀什麼？

主委：啊？

冷妻：沒事，繼續說。

主委：大家希望不要再讓那個亂場仔進入社區。

冷妻：你說什麼？

主委：亂場仔不是這裡的住戶，可是他常常來，幾乎天天來，請聽我說完，他來不成問題，你們要交什麼朋友社區管不著，問題是他好管閒事，無所不包，任何芝麻大小事都要插手。上個月停車場發生糾紛，本來只是小小摩擦，可是經亂場仔一番調解，現在兩邊在法院互告。

冷妻：他們自己動粗活該。

主委：還有，上回B棟沈家辦喜宴，亂場仔毛遂自薦去幫忙，結果他一再凸鎚，差點沒把婚禮搞成告別式；還有上上回C棟江家裡辦喪事，經他胡亂攪和，把原本莊嚴的儀式幾乎搞成鬧劇。

冷妻：不要跟我說這些，我倒要看看社區能怎麼辦。

主委：別說我沒事先通知。

主委說完轉頭即走，留下妻子氣得在原地愣了一會兒。

不久，妻子走進公寓，看見我和亂場仔坐在沙發上，各自看著報紙。

冷妻：客廳這麼亂也不整理一下。晚上留下來吃飯吧。

顯然，第一句對著我，第二句對著亂場仔。妻子邊說邊走進臥房，亂場仔趕緊收起報紙，站起來，把我的報紙也拿走。

冷伯：你幹麼？

亂場仔：我在整理客廳。

冷伯：你誤會了。

亂場仔：誤會什麼？大嫂剛才要我們整理客廳。

冷伯：別理她，她這是聲東擊西。

亂場仔：聲什麼東擊什麼西？

冷伯：經驗告訴我，每當老婆要我整理家裡的時候，表示她對我不滿。

亂場仔：她多久要你整理一次？

冷伯：常常。

亂場仔：這表示她常常對你不滿？

冷伯：我猜。

亂場仔：她對你有什麼深層的埋怨？

冷伯：我這個人值得埋怨的地方太多了。

亂場仔：這麼說，當大嫂對我說「晚上留下來吃飯」，她真正的意思是「亂場仔，你不要每天死皮賴臉地跑到我家」，對不對？

冷伯：我只是提醒你聽話要注意潛台詞，不是要你神經過敏，得了妄想症。如果我老婆一進門就對你說「你來啦」，她或許有請你滾出去的意思；但是，她說「晚上留下來吃飯吧」，那是誠懇的邀請。

這時，女兒步入客廳。

冷女：把鼻，媽咪心情不好。

冷伯：怎麼啦？

冷女：她要我整理房間。

冷伯：胡說八道，妳不要用這個來作妳懶惰的藉口。

　　亂場仔不可置信地看著我。

亂場仔：（拱手）佩服！佩服！猜一個北洋軍閥。

冷伯：（拱手）吳佩孚！

　　兩人笑得像高中生。

冷女：幼稚！

16.

亂場仔最近有點沮喪，這很少見，讓我有點擔心也有些不爽。照說，沮喪是我的招牌，正如憂鬱是哈姆雷特的特權，哪輪得到樂天知命的亂場仔。

亂場仔：這個世界我不認識。

冷伯：那是我的台詞。

亂場仔：借用一次。

冷伯：怎麼啦？

亂場仔：人們可以為了無聊的樂趣去傷害他人，那種爽快我無法理解，稱它為戲謔，好像太輕，說它是殘忍，又似乎太重。

冷伯：這樣太感性，很不像你。

亂場仔：社區鄰居最近怪怪的。

冷伯：在我眼裡每個人都怪怪的。
亂場仔：以前他們對我很親切，最近沒人跟我打招呼。
冷伯：別理他們。走吧，今晚淡水河畔有煙火秀。
亂場仔：你不是不喜歡看煙火？
冷伯：我討厭煙火，討厭任何節日，例如端午節、中秋節、賓館節。
亂場仔：那叫情人節，不是賓館節。
冷伯：走吧，去看煙火，去享受人擠人氣死人的樂趣。
亂場仔：算了，我回去了。
冷伯：你要回去哪裡？
亂場仔：就是回去啊，你管。

之後好幾天，亂場仔不見人影。他常常如此。

17.

阿明的老婆小雯打來時我有點詫異，因為她從以前就懶得理我，更不會主動跟我聯絡。小雯細細碎碎訴說了來電原委，掛上前還不忘說一句「對不起，麻煩你了，實在情非得已。」

好一個情非得已。在幾個大學死黨老婆們的印象中，我可說是惡名昭彰。這算我咎由自取，但其中也有部分是被栽贓嫁禍導致的。就拿 Peter 來說吧，這傢伙好色兼小氣，捨不得到賓館開房間，總是和不時更換的情婦搞車震。有一回他老婆在車上發現了一枚保險套，撒謊慣了的 Peter 完全不用事前擬稿，立刻說：「媽的，原來冷伯昨天跟我借車是為了搞這檔事，真丟臉！」我知道這黑鍋鐵定得背到這對夫妻海枯石爛，只得一再忍受 Peter 老婆對我的譏諷：「冷伯，你哪時候才要買車啊？」

其實，用不著朋友陷害，我自有一套惹惱嫂子們的本領。二十幾年前阿明結婚，我那時還是個窮酸研究生，沒錢給紅包卻又想白吃一頓，靈機一動便將枕頭底下珍藏的《性愛大全》用牛皮紙包好當禮物，赴宴去了。蜜月回來，阿明告訴我：「小雯氣炸了，覺得你很猥褻，不過，那本書還真實用。」原本羞愧的我，聽到最後一句馬上得意起來，自覺造福人間。還有一回，幾對夫妻聚餐博感情，當時還單身的我也受邀。許是觸景生情，菜還上不到一半我就醉了，搖晃起身發表一段倒盡眾人胃口的演講：「各位，祝你們永浴愛河，白頭偕老，但天下沒有不散的宴席，到時候千萬要拿出勇氣，快刀斬亂麻。我痛恨死拖活拖，記住，要是有一天不幸鬧離婚，千萬別找我調停，因為我的原則是勸離不勸合，不信你們看，這裡有我的印章，隨時可以當證人幫你們完成離婚手續。」事後，我後悔不已，怪自己酒後饒舌，更怪當天赴宴前恰好到戶政事務所辦事。後來，幾位兄弟把我罵到臭頭，並轉述小雯的看法：「一個會隨身攜帶印章的人肯定有病。」

小雯不可能找我商量任何事，除非情不得已。

我和她約在一家咖啡館。

小雯：我來找你，沒想到吧？

冷伯：沒想到，記得妳跟阿明說永遠不想再看到我這副嘴臉。

小雯：我還是不想看到你。

冷伯：多年前的酒後失言真的很抱歉。

小雯：算了，說不定你是對的。我和阿明早該離婚了。

冷伯：不，是我的錯。那一陣子，我應該是中了邪，只要朋友夫妻間吵架，我總是勸離不勸合。

小雯：這些年你們幾個所謂的換帖兄弟感情淡了，很少聯絡。阿明偶爾還提到你，我不知道該找誰，只好來找你。自從阿明的公司倒了，一直找不到適合的工作，他曾做過基本薪的工作，但總是因為放不下身段而和年輕的主管鬧翻。我不勉強他，告訴他，房子有了、孩子也大了，只要省吃儉用，我賺的錢還可以過。他聽不進去，一心只想東山再起，可越是這麼想是越找不到工作。後來，你大概不知道，他跑去開計程車。剛開始還覺得新鮮，可以從後視鏡看盡百態，在紅燈下思索人生，但這樣的心情維持不到半年。這陣子，阿明表面上和以前沒兩樣，早出晚歸，開車在外長達十四小時，但帶回來的錢卻少了，好的時候只有一千出頭，壞的時候連帶在身上的錢也沒了。你聽過有人開計程車開到倒貼的嗎？幫我一個忙，幫我查清楚他到底在幹什麼，我要知道真相，如果他有女人，你隨身攜帶的印章就可以派上用場了。

冷伯：那是一句玩笑話。

18.

正當我需要亂場仔時，他適時地出現了。他常常如此。

我問他會不會開車，他說，開玩笑，我可是持有貨車駕駛執照的。我不知該不該相信他，他很少胡謅卻是不假。為什麼問我會不會開車？他問。我說，我要你開車載我，咱們要扮演偵探。

兩人在車上。

冷伯：我不知道你會開車。

亂場仔：我深藏不露。車子有點老，該淘汰了。

冷伯：車子乃身外之物，能動就好。

亂場仔：感覺隨時會拋錨。注意一下，待會兒要是看到輪胎在前頭滾著，應該是我們的。

亂場仔只是隨便說說，卻道中了我一直以來對人生的不安：感覺隨時會拋錨。

我和亂場仔搞起徵信社，一路跟蹤阿明。由於計程車實在太多，幾次拐彎差點跟丟，弄得我疑神疑鬼，以為其他計程車有意掩護阿明的行蹤。起初無啥異狀，阿明狀似認真地找尋顧客，這邊兜兜，那邊轉轉，可惜阿搭力不好，一個時辰內只載到兩名短程乘客。十點一過，動靜來了：原本像隻無頭蒼蠅的計程車彷彿意志上身，不再踟躕流連、東磨西蹭，踩緊油門呼應著前方的召喚。

亂場仔緊跟在後。

冷伯：慢點，慢點，不要超速。
亂場仔：我沒超速。這樣可以嗎？
冷伯：快點吧，你開的是牛車嗎？
亂場仔：意見這麼多，不然你來開。
冷伯：不要放手啊！

車子歪斜，滑出車道，我哇哇亂叫，亂場仔及時將車身導正。

亂場仔：還有意見嗎？
冷伯：不敢。

隨著阿明，我們來到一座公園。公園旁的空地已停放七八輛計程車。阿明步出車外，興致勃勃地走向圍成一圈的同行：四個人圍坐石桌玩大老二，其他人在一旁指指點點。阿明顯然熟門熟路，和大夥兒熱絡地招呼著，不多時便進入狀況，跟著別人七嘴八舌的評論戰局。

我下車。

冷伯：我去找他，你在車上等我。
亂場仔：我也去。
冷伯：我要和阿明單獨談，你在有點尷尬。
亂場仔：我去看他們賭博。
冷伯：隨便，但千萬別惹事。
亂場仔：放心，我知道你有正事要辦。

我走向石桌。

冷伯：阿明。

阿明：冷伯，你怎麼會在這？

冷伯：小雯找我……來找你。

聽到這，阿明搖頭苦笑，然後帶著我走到公園一角，兩人蹲著說話。我不時轉頭，注意亂場仔的動向。隨著亂場仔移向石桌的步伐，我的神經一寸寸繃緊。

亂場仔：（作持槍狀）大家不要動！手舉起來！

運將們：幹！

亂場仔：沒有啦，開玩笑的。你們玩什麼？

運將們：關你屁事！

阿明對我說，「車子開不下了；為了區區幾文錢得天天走獸似的繞行十二個鐘頭以上。沒有客人的時候心很慌，有客人的時候卻老覺得他侵犯了我的隱私，還得暗自祈禱對方不要為了五塊十塊和我計較，否則老子總有一天會放開方向盤轉過去掐他脖子。這種心情怎能繼續開車？……以前的羅漢腳無家可歸，但有路可走，他們無宅無妻，病無醫，死無薦，來得輕鬆，走得乾淨。我們這些難兄難弟，有家有眷，有車有房，不至孑然一身，卻也終日無所事事，每天出門，只是不想待在家裡。」

冷伯：你不能就這麼放棄了吧？

阿明：不放棄要做什麼？你這種有鐵飯碗的老師怎麼能體會我的心情？

冷伯：……

阿明：對不起。

冷伯：沒關係。

阿明：好了，你別勸我了。這些年，咱們幾個朋友早就各過各的，除非有人死了，沒有聯絡的必要，我希望保持這樣。

兩人陷入沉默。不久，石桌那邊有了動靜。

亂場仔：等一下！這個牌的背面好像有記號。

乍聞此言，眾人起鬨。

運將甲：哪有什麼記號？幹，你不要亂講喔！

亂場仔：就是有記號，有人詐賭！

運將甲：幹，恁爸一腳把你踹死！

喧鬧聲中，運將甲和他的朋友邊罵邊追著亂場仔。亂場仔往我的方向百米衝刺。「冷伯，快開車！不然會死人，」亂場仔邊跑邊吼。我聞言快速奔回空地，發動車子，亂場仔像表演特技似的，從窗口一躍而入。

車子揚長而去。

冷伯：沒事了吧？有沒有追上來？

亂場仔：沒事，咱們安全了。
冷伯：安全就好。可是我回去要怎麼跟小雯交代？
亂場仔：你有沒有注意到一件事？
冷伯：什麼？
亂場仔：你可以開車了。
冷伯：啊，我在開車！怎麼是我開車？完了！

我一陣暈眩，兩手高舉，車子失控，最後聽到的是亂場仔的慘叫聲。

19.

我躺在臥室，妻子站在一旁，擔心地看著我。亂場仔出現在門口，手上吊著繃帶。

亂場仔：有沒有好一點？

冷妻：好多了，不過需要一點時間。

亂場仔：妳去上班，我來陪他。

冷妻：謝謝。

亂場仔：沒事的，妳放心。

冷妻：我知道。恐慌他很有經驗，不管再怎麼難受他都會撐過去。亂場仔，我終於想起來了。我見過你。記得很多年前在碧潭的吊橋，我和冷伯第一次相遇……

亂場仔：我沒印象。

妻子出門後，我慢慢轉醒。

冷伯：狀況不好的時候連過個馬路都得涉盡千險。我會把正向及對向車道停等紅燈蠢蠢欲動的汽車想成行刑部隊；舉槍！預備！射擊！所以我總是隨著小綠人的步伐越走越快，越快便越急，到了末段近乎得小跑步才能在惶懼不安中完成這在一般人而言再自然不過的事情。儘管內心已然狂奔，我盡量保持體態，再怎麼不舒服，尊嚴總得守住，就像一個自持力強的醉漢，不管喝得再茫，雙腳還是踩出一條隱形的直線。

亂場仔：沒有行刑部隊。

冷伯：我知道。

亂場仔：你只是累了。

冷伯：我只是累了。我睡一下。

亂場仔：睡一下。

冷伯：醒來又是好漢一條。

亂場仔：醒來又跟我南征北討。

沉睡中，我夢見一名街頭藝人拿著吉他，自彈自唱，而站在藝人兩旁擔任合音天使的竟是我和亂場仔：

怎麼啦愛人
最近有點難搞
到底有什麼煩惱
最近有點疏離
到底有什麼壓力
誰沒有挫折，誰沒苦澀
下次約會，請不要跟我機車
不想浪費我的唇舌

（合音）

說話呀愛人
給我一個理由
你最近的表現

像是個 asshole

（獨唱）

愛情是兩人場景
忽而熱情，忽而冷靜
它沒有算計，更沒有輸贏
除了記住台詞，還要來點即興
千萬別趕流行
擺出憂鬱，亂搞自閉
你若無法入戲，我只好喊卡
找人頂替，換個場景

怎麼啦愛人
好久沒有消息

難道你還在生氣
拜託回個簡訊
不要關掉手機
我懂你的挫折，我瞭你的苦澀
下次見面，我一定不會機車
不再堅持各付各的

（合音）

行行好愛人
給我回個 line
就算只有一行
You're still mine.

（獨唱）

愛情是兩人場景
有時熱情．有時冷靜
它沒有算計，更沒有輸贏
除了固定台詞，還要來點即與
千萬別趕流行
擺出憂鬱，亂搞自閉
你若無法入戲，我只好喊咔
找人頂替，換個場景

（合音）

怎麼啦愛人
為何讓我絕望
你給我的感覺

好像地下錢莊
你給我的感覺
好像地下錢莊

行人來來往往，沒有一個丟錢。

20.

逢場必出頭添亂的，亂場仔是也。亂場仔好似程咬金，總是半路殺出來；但程咬金是個福將，屢建奇功，仕途因而扶搖直上；而亂場仔既無法成就別人，更無法成就自己。或許是秉持為世人解圍脫困的執念，或者受到無以名狀的強迫症驅使，他對所見所聞偏偏不能置身事外。無論大小事，亂場仔喜歡以調停人自居，把一個芝麻歧見或綠豆糾紛搞得極其複雜，讓當事人哭笑不得，欲揍乏力。

主委來電，幸福社區將於後天舉行臨時住戶大會，囑咐我和妻子最好出席，因為討論的主題是亂場仔。我因學校有事，請妻子出面，我會盡快趕到。交給我，她說。

妻子後來告訴我，那天會議室擠滿了人，除了她以外，還有主委、小李、孫爺爺、趙伯伯、張媽媽、嚴老闆，以及其他住戶。

張媽媽：開會吧，主委。我待會兒還要去按摩。
主委：人差不多到齊了吧？
趙伯伯：別管了，有些人就是不關心社區。
張媽媽：他們不來，放棄說話的權利是他們的事。
主委：好吧，咱們開會。小李，麻煩你把事情經過在大家面前再說一遍。
趙伯伯：小李，你說。
小李：事情是這樣的：這幾天，總有幾個看起來鬼鬼祟祟的人在社區走動。

他們像是在等人，於是我走過去查問。結果他們說他們在等著那個叫亂場仔的出現，好像是來找他算帳的。

張媽媽：那傢伙又不是咱們社區的住戶，他們憑什麼跑到這邊來堵他？

小李：是啊，我也這麼對他們說，可是他們知道亂場仔常常來這兒找冷老師。

趙伯伯：那些人看起來怎樣？

小李：一副凶狠的模樣，手臂、脖子還有刺青，我猜是黑道。

張媽媽：這還得了，黑道都來鬧了，這社區還能住嗎？

主委：張媽媽先別慌——

趙伯伯：怎麼能不慌？消息傳出去，房價下跌誰負責？等一下，主委，孫爺爺要說話。

主委：孫爺爺，請說。

孫爺爺：有一天亂場仔扶我過馬路，他順手摸走了我口袋裡的錢。

主委：孫爺爺，這話不能亂說啊。

孫爺爺：我沒亂說。我可以發誓！

張媽媽：我相信孫爺爺。這件事情很有可能。嚴老闆，你告訴大家那天你告訴我的事。

嚴老闆：亂場仔路過我的水果攤常常會和我聊上幾句，可是我最近發覺，每次聊完之後，我的水果好像就少了一些。

小李：真的嗎？難怪我每次看到他，他的褲子口袋都鼓鼓的，好像藏了東西。

趙伯伯：主委，我們不能再放任他這樣下去。

主委：這我知道，趙伯伯，所以我們今天開會，討論出個對策。

張媽媽：還有什麼對策？唯一的辦法就是叫警衛那邊從今以後不准讓亂場仔進來。

趙伯伯：我同意。

主委：可是，這好像於法無據。

趙伯伯：管他有據無據，就是不准亂場仔踏進這個社區。

主委：不行，這樣做我們站不住腳。大家聽我說：咱們住戶委員會能做的只是道德勸說。

一直保持沉默的妻子開口了。

冷妻：什麼道德勸說？
主委：冷嫂。
冷妻：你們要對誰道德勸說？
主委：我們想勸妳先生不要再和那個亂場仔來往，或者至少不要把他帶進咱們社區。
冷妻：不可能。
趙伯伯：冷嫂，做人不能太自私。
冷妻：你們的行為就不自私嗎，趙伯伯？
小李：冷嫂，我請問妳，你們可以保證社區的安全嗎？今天他引來黑道，誰曉得明天又會招惹何方神聖。
冷妻：我能保證亂場仔不會故意傷害任何人。
主委：既然如此，我們會勸所有住戶，不要跟你們冷家有任何往來。
冷妻：可以。
主委：如果這樣還不行，我還有一項道德勸說。冷嫂，你們家是租的，不是自己買的，是不是？

冷妻：是租的。

小李：怪不得你們對這裡的治安和房價一點都不在乎。

主委：我已經查到你們房東的電話，必要時住戶委員會可以對屋主道德勸說，希望他不要再租房子給你們。

我這時匆匆趕來，適巧聽到主委這番話。

冷伯：你盡量勸說，他要趕我們走我們就走。各位要是對亂場仔有疑慮，就拜託你們不要理他，把他當成空氣，他雞婆想幫忙時你們就直說不用了，連謝謝都可以省了。至於我和我家人愛跟誰來往是我們的事，你們管不著。

主委：要是他的作為危害了整個社區的權益呢？

冷伯：他如何危害社區的權益，請問？

主委：大家聽好，亂場仔向都發局舉報，說我們在圍牆邊緣蓋的垃圾分類處理間是違建。

突如其來的消息把我擊潰，久久不能言語，旁邊的住戶爭相發言，我什麼也沒聽到。

張媽媽：這麼重大的事你怎麼現在才說！

主委：我就是要等冷老師出現才宣布，看他怎麼給個交代。

趙伯伯：違建？那是我們的地怎麼是違建？

小李：趙伯伯，其實是違建。

嚴老闆：莫名其妙，咱們做好公民為垃圾分類，現在卻說我們——

孫爺爺：什麼事啊？發生什麼事。

主委：現在都發局要來查了，冷老師，這件事該怎麼處理，請問？

我心裡正忙著臭罵亂場仔（媽的這傢伙真會搞破壞，無事生非……），全然沒察覺大夥兒正等著我回答。這時，妻子說話了。

冷妻：各位放心，我們會盡快搬家。

21.

亂場仔來找我時，我一聲不吭，沒好氣地讓他進門。幾分鐘前，我才為了他和妻子吵了一頓。

冷妻：違建就是不對，不能怪亂場仔。

冷伯：話是沒錯，問題是，我這輩子從來不曾這麼挫敗，被人將了一軍，連話都說不出來。我不懂，舉報之前，亂場仔就不能先跟我商量一聲嗎？

冷妻：他要是真的跟你商量，你會要他怎樣？要他賣你面子，睜一隻眼閉一隻眼？

冷伯：事情總可以和緩處理，有必要告到都發局嗎？

冷妻：怎麼和緩處理？處理違建就是拆掉，還怎麼和緩？

冷伯：無論如何，妳不覺得亂場仔如此不分青紅皂白地亂不是瘋了嗎？

妻子沒答腔，只冷冷地瞧我一眼，出門去了。

亂場仔沒注意到我的臉色，一進門就嘰哩呱啦說個不停。

亂場仔：我剛才聽到一個可怕的消息。你知道那個在社區外面賣蔥油餅的小陳吧？聽說他缺錢得緊，想要跟地下錢莊借。這怎麼得了，這一借就像跳入火坑，萬劫不復，我們一定要阻止他。

冷伯：亂場仔，你不用每件事都管吧。

亂場仔：只要讓我知道，能管的我就管。

冷伯：要管你去管，我不行了。

亂場仔：你不想救救小陳？

冷伯：我自己都救不了，還能救誰？

亂場仔：怎麼啦？憂鬱症又犯了？

冷伯：對，我憂鬱症又犯了。我的憂鬱症怎能不犯？每回我的表現不符合你的期望你就問我憂鬱症又犯了嗎。亂場仔，你或許出自好心，但有時也得試試站在別人的立場設想。我問你，一個嚴重失眠的人會希望有人不時問他睡得好不好嗎？

亂場仔：你說得對。你休息，我走了。

沉默中，我為亂場仔開門。亂場仔跨過門檻，走出門。

冷伯：嗯，我們最近會搬家。

亂場仔：怎麼要搬家？

冷伯：這裡住膩了。

亂場仔：哪一天？要不要我幫忙？

冷伯：不用了。還沒確定。

亂場仔：你們要搬去哪裡？

冷伯：也不確定。到時……到時再說吧。

我把門關上。

22.

地下錢莊位於地下室，裡面坐著的是大姐頭，站著的是在幸福社區附近擺攤賣蔥油餅多年的小陳。

小陳：利息多少？

大姐頭：月息十分。

小陳：我跟妳借十萬，所以月息是——

大姐頭：一萬。
小陳：這麼多！
大姐頭：要借不借？
小陳：好吧。
大姐頭：月息每十天到期。
小陳：十天？十天到期怎麼叫月息？
大姐頭：要借不借？別家都是七天到期，十天已經夠寬鬆了。
小陳：好吧。
大姐頭：錢在這。
小陳：怎麼只有九萬？
大姐頭：要先扣掉利息。
小陳：利息我怎麼給妳？
大姐頭：放心，我會去找你，你在安居街口賣蔥油餅。不錯吃。
小陳：謝謝。

兩人正要完成交易時，亂場仔闖了進來。

亂場仔：小陳，不行！錢還她！

小陳：為什麼？

亂場仔：再怎麼缺錢也不能跟地下錢莊打交道。

大姐頭：嘴巴放乾淨點，我這兒可是合法立案的放款中心。

小陳：可是我需要錢。我父親過世，急著幫他辦喪事，沒這筆錢——

亂場仔：喪事我們再想辦法，無論如何，錢先還給她，聽我的。

小陳把錢還給大姐頭。

大姐頭：對不起，這裡只有九萬。

小陳：什麼？

大姐頭：錢已過手，交易就算完成。少了一萬。

小陳：這怎麼辦？

亂場仔：妳就不能通融一次嗎？
大姐頭：我通融你誰通融我？
小陳：妳這是搶劫嘛！
大姐頭：你告我啊。
亂場仔：好，缺的一萬算我的。小陳，你先走，趕快回去做生意。
小陳：這怎麼可以。
大姐頭：一萬呢？
亂場仔：等一下給妳。小陳，你還不走！

小陳聽命地走了。

大姐頭：一萬呢？
亂場仔：我沒錢。
大姐頭：你不想活了嗎？
亂場仔：把我打死吧。

大姐頭：敢跟我耍賴？來人啊！

隨著一聲宏亮的「是」，一名戴著墨鏡的打手現身。

打手：大姐頭，您叫我？

大姐頭：廢話，我不叫你還叫春啊！這小子顯然是來亂的，給我打！

打手走向亂場仔。

亂場仔：欸？你打過我。

打手：又是你！

亂場仔：你不是幫豪哥做事的嗎？

打手：唉，大環境差，連我們黑道也得兼差。

亂場仔：唉，真的。

打手：你沒聽過一句流行話？

亂場仔：哪一句？

打手：「我不是在融資，就是在融資的路上。」

亂場仔：有意思。

打手：是啊。

大姐頭：對不起，這位先生是你的舅舅嗎？

打手：不是。

大姐頭：不是舅舅，你跟他敘他媽什麼舊，還不動手！

打手揍亂場仔，後者倒地不起。大姐頭臨去前又補一句，給我好好打，送他進醫院！

23.

我和妻子來到急診室探視亂場仔，他全身是傷，包紮得像個木乃伊。妻子見狀淚流滿面，而我左手緊捏大腿，硬是把蠢蠢欲動的淚水乖乖逼回。我躡手躡腳地走近他，握著他的石膏手說，怎麼把你打成這樣，他們還是人嗎？如此景況，你若不想俗濫，應該閉嘴。這就是我犯的錯誤。難得有機會在現實生活說出八點檔的台詞，再堅強的硬漢也忍不住了。我不禁哽咽，邊拭淚邊反省（以後再也不取笑電視劇），豈料淚腺禁不住摩搓反倒流出更多淚水，我索性放聲哭了出來。

兩人哭成一團，木乃伊卻毫無反應。忽然，一股微弱朦朧的聲音透過塑膠拉簾從隔間傳來。妻子走在前頭，來到靠窗的床位，拉開簾幕。「亂場仔，你怎麼躲在兒？要死啦！」妻子說。

真抱歉，木乃伊，誤會一場。

亂場仔雖然不是木乃伊，但包紮的工程也算得上半個。此刻我破涕為笑，一直罵一直罵。你這臭小子……臭小子。此時護士走進，問我們是不是亂場仔的家人，我一時不知如何回答，請她到門外說話。

冷伯：護士小姐，他不會有事吧？

護士：大部分是皮肉傷，但是右腳骨折，X光照到碎片，需要動手術。

冷伯：動吧，越快越好。

護士：可是他沒健保。

冷伯：不需要健保，一切自付。我負責。

護士：動這種手術需要家人簽字。

冷伯：他沒──

護士：我問他名字，他說叫亂場仔。是真名嗎？有這個姓嗎？

冷伯：那是綽號。沒關係，我來簽字，他是我兄弟。

護士：兄弟？

冷伯：不是黑道的兄弟，是我親弟弟，我女兒的親叔叔，可以吧？時代真反了，兄弟這稱謂居然被黑道霸佔，怎麼沒有人誤會「姊妹」呢——

護士：我不過是問問而已，請不要借題發揮。

冷伯：對不起，護士小姐。

護士：你若真的講究稱謂，我告訴你，我不叫護士小姐，我是護理師。

冷伯：我的錯，護理師。請妳好好照顧我兄弟。

護理師離去後，我走到亂場仔床前。

冷伯：亂場仔，你也出個聲音，表示你知道我來看你了。上回你離開我家的時候，我態度很差，很不夠朋友，一副要跟你斷絕來往的模樣，但那不是我的意思。關於社區的事我絕不怪你，好啦，我有點怪你，但那是我的錯，我一時本位主義作祟，好啦，我一時自私——

這時，女兒趕來，同樣誤以為木乃伊是亂場仔，馬上撲上。

冷女：亂叔叔！你怎麼變成這樣！

冷伯：女兒，妳搞錯了，亂叔叔在這兒。

女兒收斂自己。

冷女：對不起，早日康復。

女兒走到亂場仔這邊，再次撲上。

冷女：亂叔叔你不能死！你是除了小熊維尼以外最可愛的人。

冷伯：小熊維尼是人嗎？

冷女：把鼻，鼻鼻把把，亂叔叔都快死了你還在挑我的語病！

冷伯：好了，你們年輕人就是這麼誇張。妳放心，亂叔叔不會死的。

醫生出現在門口，他的樣子有點熟悉，好像在哪見過。醫生口齒不清，我聽不懂，女兒完全可以理解。女兒看醫生年輕又帥，有點情不自禁。

醫生：掐哈媽？

冷伯：什麼？

冷女：謝謝醫生，一切都好。

冷伯：喔，一切都好嗎？對，一切都好。

醫生：車批漏撒，並恩右拖股渣，X刮遭刀與遭偏，哈而左歌機歐司了，加撒清而腦這他，需而一dua十家治啦。

冷伯：你在說什麼啊？

冷女：醫生說：「除了皮肉之傷，病人右腿骨折，X光照到些許碎片，還有左肩肌肉撕裂，加上輕微腦震盪，需要一段時間治療。」

醫生：沒搓，車批漏撒，並恩右拖股渣，X刮遭刀與遭偏，哈而左歌機歐司了，加撒清而腦這他，需而一dua十家治啦。

冷伯：奇怪，我怎麼一句都沒聽懂。

醫生：老捨，你嘎D的接爾聽了。

冷伯：什麼？

冷女：把鼻，我幫你翻譯：「老先生，你該定期檢查聽力了。」

冷伯：我還沒老到需要——唉，我見過你，你不是一家高檔西餐廳的服務生嗎？

醫生：Dua，挖匝那打工過。

冷伯：不得了，現在是醫生了！可是你口齒不清，病人聽得懂——

冷女：什麼口齒不清，醫生說的我完全聽得懂。

女兒把醫生帶到一旁說話。兩人交換著沒有纖維的話語，我只能猜測大概的意思：

冷女：醫生，謝謝你，你好體貼喔，會來探視病房，以後我生病一定要來找你。

醫生：這將會是我的榮幸，但我希望妳永遠不要生病，可是這又表示我永遠見不到妳。

冷女：如果可以，我希望天天生病。

醫生：我不要妳生病，為了妳我寧可不當醫生。

冷女：不行，你不當醫生，我就當不成醫生娘，每天做 spa。

醫生：我願讓妳每天做 spa。

兩人深情對看，雙手緊握。

冷伯：我他媽快吐了。

冷女：請不要怪我老爹。

醫生：沒問題。不過，妳還是得注意：一個人老化的前兆有很多症狀，聽不懂別人的話是其中之一。

冷女：可是我老爸才五十幾，不太可能重聽。

醫生：我說的不是重聽，而是聽不進別人的話。我這邊有些資料，妳要不要看看？

冷女：好，我跟你去。

24.

妻子帶女兒離去前，要我再三保證，一定要陪在亂場仔身邊。之所以如此耳提面命，是因為她知道我痛恨醫院，若不是為了精神疾病必須定期服藥，我真希望能躲著醫院和病號們遠遠的。每回看到醫院，任何醫院，沉悶封建的建築，甚或光瞧見路邊的招牌，我便不自覺地跟自己承認，是的，我有病；每回看到病患，我就好像看見自己。

我側坐於床緣，對著嘴唇紅腫、無法正常發聲的亂場仔東問西問。床頭要不要高一點？或是床尾？想不想吃水果？現榨果汁？我去買。亂場仔咿嗚發出聲音，好像說不，之後再也沒有動靜。

我慌了。我不懂得照顧別人，而這種完全沒活可幹的照顧讓我倍感無助。我開始焦躁，不自覺地跺步，空間很小，走沒幾步便得轉頭，彷彿機器故障似地來回於亂場仔和木乃伊之間。突然，亂場仔發出聲音，我趕緊過去問他需要什麼。

亂場仔：%&*#%*#……

冷伯：什麼？聽不懂，只聽到一些亂碼。

亂場仔：%&*#%*#……

冷伯：完了，我真的重聽！

亂場仔：%&*#%*#……

冷伯：你要我出去走走？

亂場仔：%&*#%*#……

冷伯：還有什麼？

亂場仔：%&*#%*#……

冷伯：很多時候，都是自找的？是啊，你終於得到了教訓，以後不要如此莽撞不就得了。

亂場仔：%&*#%*#……

冷伯：什麼？我誤會了？

亂場仔：%&*#%*#……

冷伯：你是說：很多事，好的壞的，都是自己要來的？什麼意思我不懂。

25.

不是我不堅守崗位，是亂場仔要我出去走走散散心。

然而我越走心越糾結，那句「很多事，好的壞的，都是自己要來的」像是難解的謎語，讓我在和平公園裡反覆推敲。大舌頭的亂場仔真的這麼說，還是我只是聽到我想聽的？如果他說的不是關於自己被叫救護車事情，莫非這句話是衝著我來的？

自從去年在校園為榕樹打分數、回家數落妻子廚藝的那段插曲，我就不得不依醫生規定，定期吃藥，定期跑醫院，如生產線那麼按時。藥物將我從絕望的深淵拉回，讓我足以履行一個正常人應盡的社會義務，但我隱約意識到，目前的我與深淵只是一步之遙，一旦稍有差池，倒楣的又是一直守候在我身旁的妻女，以及那些無辜的榕樹。歷經一段為時不短的理性思索，我做出了看似理性的決定：以守為攻。現在想來，此為好聽的說法，真相是，之於人生我採取完全守勢。所謂守勢，意味少跟人打交道，以免因不快或衝突連帶產生情緒波動；意味不冒進，無激情，訓練自己面對任何情境時保持冷卻，讓自己活在冰箱；一味得意地告訴自己，並昭告友人，老子無所求，老子我清心寡欲，不再為了世俗的成就矯情做作，沖昏了頭。

我盡量不出門，若出門必定是到醫院拿藥，可我每走一趟醫院，當天的心情就跟著賠上，如此惡性循環，使得我從不想出門惡化成不敢出門。直到那次意外，或命定的一天，我坐的計程車出了車禍。

亂場仔此人不讀書，亦無洞見，兩人交集不多，說真的，難以和我成為以沫相濡的兄弟。但他那「無我」的存在讓我迷惑，也因為他的亂場，我於不自覺中一步步拋棄矜持與成見，糊裡糊塗地隨他走出家門四處闖蕩。過程中，誤差不斷，驚險偶有，有怨必抱的我當然不會客氣，可亂場仔從來不以為意，導致我以為這傢伙不是脾氣特好，即是毫無脾氣。我的脾氣太大，人人不喜親近，而我也少有興致與毫無脾氣的人過從甚密。然而，就在我用藥的劑量逐漸減少，就在我不時忘了自己的病號身分之後，我才慢慢察覺：我錯了，不管好脾氣沒脾氣，無論有心無心，亂場仔猶似對我施下了「魔咒」，不是這麼說，應該說他為我「解咒」，讓我踏出家門，走進世界，讓我為了事不關己的事情瞎忙而非只顧著舔舐自己的傷口。這點我非常確定。

「很多事，好的壞的，都是自己要來的。」

「好的」我懂，不就是指能正常運作，可以出門、教書、寫作。但「壞的」……是「自己要來的」……思索至此，我如觸電般，全身顫抖。

我懂了，終於明瞭他想告訴我什麼。

為了防堵「榕樹事件」復發，我逐漸將自己關進自閉的牢籠。我再三跟親朋好友申明，老子不能開車，不能上陸橋，無法走地下道；隧道太閉鎖，原野太奔放；沒有安眠藥睡不著，不隨身攜帶鎮靜劑不敢出門；我還說，身體與精神同時發出這些警訊，是為了告訴我，要保持高度警戒，小心行事，否則後果不堪設想；因此我不開車，不上陸橋，不走地下道，遠離人多的場所，不去方圓五百里沒有急診室的郊外；我告訴妻子我不參加朋友聚餐，我告訴女兒，我不能走進電影院——相信我，正因如此小心翼翼，我現在才能好端端地站在這裡跟你們說話。

我的抉擇很合理，目前也過得不錯。至少，我一直這麼認為。

然而現在，在和平公園裡，只因亂場仔那句話，突然發覺我被自己騙了。我會不會倒果為因？會不會是，我一心為了直達自閉的結論而自己引發了那麼多症狀？我一心想要退縮，於是我的內在陰謀地製造出與日俱增的症頭，如此才能無愧於心地對世人說，我是不得已的啊。假使，退縮不是結果，而是起因，而所謂精神官能症才是結果？

這頓悟非同小可，我停下腳步，坐在露天音樂台的觀眾席，但心思仍持續奔馳。為何選擇退縮？因為一場病？因為年事稍長？成就已達極限？因為世事紛亂，我無能為力？因為俗辣當道，我不願同流？因為存活第一，自保乃為上策？因為……我有太多的因為，而這些因為都只是用來矇騙自己和別人的藉口。我懂了，其實真正的原因是我怠惰、自私了，我以年紀作為怠惰的藉口，以個人苦痛作為自私的理由。亂場仔沒說錯，馬路上沒有行刑部隊，暗自希望那些車輛真是行刑部隊的只有我，如此我方可大言不慚，說這不是冷伯我懦弱，而是無所不在的存在壓力啊。

我奔回醫院，全身細胞處於活蹦亂跳的亢奮中。我要告訴亂場仔，他說的對，我完全懂了。但是——

亂場仔不見了。我問護理師，病人怎麼不見了？她說，我怎麼知道？你不是他親人嗎？我不知該怎麼跟妻子交代。

冷妻：誰叫你走開的呢？

冷伯：我去幫亂場仔買酸梅湯啊！

冷妻：你買酸梅湯給一個昏迷不醒的人幹麼？

冷伯：他跟我說的啊。

冷妻：我看你是幻聽吧。

冷伯：完了，我一會兒重聽，一會兒幻聽。

問題是，一個渾身是傷、右腿骨折的人可能跑到哪去？

26.

無論我和妻子如何分頭尋找，有空就找，亂場仔彷彿人間蒸發似的不見蹤影；搬家後，我們找得更勤，深怕他哪天想見我們卻找不著。我多次踏上曾經跟他踏上的路徑，以前和他幹過的荒唐事隨著步履在腦中不斷重演。我在找人，更像是為了回味。

直到有一天，我來到那間沒有神明、少了石獅的小廟，看見他坐在石獅的位子。

冷伯：原來你在這裡。

亂場仔：我一直在這裡。

冷伯：你在守護什麼？

亂場仔：我也不知道。

冷伯：我陪你。

我在另一端坐下。

冷伯：謝謝你在醫院對我說的話。

亂場仔：我說了什麼話？我只記得自己昏迷不醒。

兩人完成姿勢，變成石獅。

27.

傍晚時分，我和亂場仔再度藍調兄弟打扮，翻牆溜進一間小學，走上操場旁的講台，為夕陽表演。

冷伯：什麼人都有。

亂場仔：什麼意思？

冷伯：有一天我坐計程車，看到司機在座椅背後掛了一張牌子，上面寫著：「請勿放毒！」

亂場仔：他希望乘客不要放屁？

冷伯：我也以為，害我戰戰兢兢，上下都不敢呼吸。後來我斗膽問司機，原來曾經有乘客在後座對他下毒。

亂場仔：下毒？下什麼毒？

冷伯：司機沒說。

亂場仔：後來呢？

冷伯：我越坐心裡越犯嘀咕。

亂場仔：嘀咕嘀咕。

冷伯：找個藉口提早下車。

亂場仔：什麼人都有。

冷伯：還有一次我在散步，看到一個媽媽帶著可愛的小孩，小孩對我扮鬼臉，我對小孩伸舌頭，正好被媽媽看到，竟然罵我是變態。

亂場仔：真是冏很大。

冷伯：這什麼語言？什麼叫「冏很大」？

亂場仔：冏很大就是冏很大，沒聽過嗎？

冷伯：不想聽都不行，怎沒聽過？自從「殺很大」問世後，台灣突然變得什麼都很大。亂很大、差很大、喜很大、怒很大……這些「很大」的用法裡面我只能接受「風很大」。

說也奇怪，風勁突然增強。秋風颯颯，兩人的頭上飄下落葉。

亂場仔：風變大了。

冷伯：葉子落下了。

秋天又來了，但兩人不再瑟縮，同時伸開雙手，迎接繽紛的落葉。

亂場仔：新家感覺如何？

冷伯：還在適應。你可滿意了吧？沒有警衛，也沒有住戶管理委員會。

亂場仔：這樣不會太亂嗎？

冷伯：都是你的邏輯。

亂場仔：我最近成立了「反電視聯盟」。

冷伯：你神經啊！

亂場仔：我們要呼籲大家不要看電視。

冷伯：怎麼呼籲？

亂場仔：我正在籌劃拍攝一部長達二十四小時的電視長片，片名就叫《電視不能看》。

冷伯：我一時無話，試想，一部日夜播放的《電視不能看》的電視節目將會是何其荒謬的光景。

亂場仔：我的想法是讓畫面一直下雪，一直下雪……

不是蓋的，天空果真飄起雪來。

冷伯：我在亂場仔德澤廣被的善意中看到非理性的騷動，對於他毫無節制的憐憫無所適從，煩躁時只想像抓小雞般掐著他的脖子左右搖晃，像大法師一樣施法為他驅魔，讓他醒來。

亂場仔：反過來看，或許冷伯才是那隻欠勒的小雞。

冷伯：亂場仔的熱忱之於我的退縮無疑是諷刺，又何嘗不是另一種反向的驅魔，要我醒來？

亂場仔：唯一確定的是，人生飄搖，世事難料。

冷伯：我和亂場仔於亂世浮沉中，互相拉扯一條繩索，上演一場攸關救贖的拉鋸。

亂場仔：Maybe don't not.

冷伯：分不清到底是誰在救誰——

亂場仔：還是誰拖誰下水。

冷伯：冷伯。

亂場仔：亂場仔。

兩人：下台一鞠躬。

莎士比亞打麻將

「留下來，幻影！」(Stay, illusion!)

——《哈姆雷特》第一幕第一景

1.

公園角落，一對男女打太極拳，優雅自在，陰陽和諧，兩旁的樹葉隨著微風輕輕飄搖，還真有點天人合一的況味。

不多時，東邊入口走進一位消瘦修長的老人，身上沒帶任何東西，只牽著一根繩索，就這麼一路走一路走，走向西邊的出口。那根繩索很長，長到看不見盡頭，也就讓人無從猜測老人到底拉著什麼。待他經過那對男女數丈之後，盡頭終於出現了：繩索尾端圈著一個人，而且還是圈住他的頸項。此君有成人的體態但衣著卻好似小學生，但見他肩挑背負著很多行囊，彷彿一隻任人奴役的驢，雙手還捧著 iPad，邊走邊專注地玩著遊戲。

老人：（拉扯繩索，吆喝）快走，咱們得趕路！

太極男女看到這一對奇怪的主僕，不自覺地停下動作。

男：豈有此理！

女：荒謬！

老人和他的奴僕慢慢地消失。

男女恢復打拳，剛開始還好，但漸漸地，兩人的拳腳開始凌亂，到後來竟呈現出緊張的對峙。

2.

精神科問診室。

一名女醫師在問診室看資料。不久，一名男醫師上。

女醫師：請問您是？

男醫師：這是陳醫師的問診室吧？

女醫師：是的。

男醫師：我是趙醫師。陳醫師身體不舒服，要我來為他代班。妳是？

女醫師：趙醫師您好，我是實習醫師，敝姓林。

男醫師：林醫師妳好。

女醫師：請多多指教。陳醫師沒事吧？

男醫師：應該沒事。小感冒，有點暈眩，絕對沒有厭世，妳放心，哈哈。

女醫師：哈哈，您為何這麼說？

男醫師：沒別的意思。妳也知道，所有類別的醫師裡面，自殺率最高的就是精神科醫師。因此當妳問我陳醫師怎麼啦，我感受到來自妳潛意識的焦慮，因此我得強調，他只是小感冒，有點暈眩，絕對沒有厭世。

女醫師：我只是隨口關懷，沒有潛意識。

男醫師：是嗎？

男醫師微笑地看著女醫師，那種刺探的眼神讓後者感覺有點壓力。

女醫師：我們開始吧。

男醫師：開始。

女醫師按著桌上的儀器，發出叫號的聲響。不久，哈姆雷特走進。兩名醫師見他奇裝異服，先是愣住，互看一眼，但隨即保持專業。

女醫師：（指著長桌對面的椅子）那兒坐。

哈姆雷特在醫師們的對面坐下。

男醫師：你是？

哈姆雷特：我是哈姆雷特。

男醫師：說說你的問題吧。

哈姆雷特：是的。我來自丹麥……

3.

冷伯家。

冷伯拎著一手罐裝啤酒從廚房走到客廳，坐在沙發上。一邊看著電視上NBA球賽轉播，一邊喝啤酒、吃滷味。

門鈴響，冷伯去開門。門外站著莎翁。

莎翁：修辭死了！

冷伯：什麼？誰死了？

莎翁：修辭，修辭。你要是不認識修辭，這情況顯然比我想像還糟。修辭不但壽終正寢，還受世人遺忘。

冷伯：喔，修辭。文字的技巧。說話的藝術。

莎翁：你這一聲「喔」，倒像是你和修辭是失散多年的好友。

冷伯：我的確和它失散多年，我詞窮啊！

莎翁：果不出我所料，修辭死了，這個即使作家都已詞窮的年代！這些天我四處考察，睜大我的眼睛，開放我的耳朵，深怕錯過一個畫面、遺漏一個音符。剛才在街上，一名婦人對著一個巴掌大的金屬片嘰哩呱拉說話，不斷地重複「神經病啊，真的假的」；為了躲她，我匆忙走到對面，卻不小心撞到一名男子，我對他說「寬恕我」，可他卻沒禮尚往來，只發出動物般的怒吼。我當下明白了，原來你們「馬路如虎口」的說法是這個意思；為了遠離那隻猛虎，我趕緊閃進一座涼亭，剛好裡面有一對戀人，男的對女的說「唉呀，好啦！」女的對男的說「唉呀，不要啦！」我實在看不下去，索性掏出身上的英鎊，對他們說：「這錢兩位收下吧，找間客棧解決你們的需要。」沒想到，那對男女居然口徑一致地對我說：「神經病啊，真的假的！」唉，如果語言來自氣息，氣息來自生命，我在人們的語言裡探測不到生命的跡象，正如奄奄一息的病人發出的嗚嗚咽咽。

冷伯：口渴嗎？要不要來點啤酒？

莎翁：也罷。

冷伯遞給莎翁一罐啤酒，後者拿到啤酒便開始上下搖晃。

冷伯：不要搖啊！

莎翁：有人曾經一邊搖著啤酒，一邊拿我的名字開玩笑。

冷伯：怎麼說？

莎翁：Shake. Beer. Shake beer. Shakespeare.

冷伯：有點牽強吧。

莎翁：根本是胡說八道。我的名字，Shakespeare，其實是搖著矛槍。可見我的祖先是名勇敢的戰士。

冷伯：「姓名又算什麼呢？玫瑰不叫玫瑰，依然芳香如故。」

莎翁：《羅蜜歐與茱麗葉》。

冷伯：答對了。

莎翁：劇本是我寫的。

冷伯：我只想告訴你，我讀遍你的劇本，得到一個結論：所謂修辭就是此一時彼一時。你因你的名字而幻想自己的血液流淌著無窮盡的勇氣；然而換成茱麗葉，當她愛上了仇家的兒子，她只好說：「姓名又算什麼呢？玫瑰不叫玫瑰，依然芳香如故。羅蜜歐也同樣，就算他不叫羅蜜歐，他依然保持他天生的完美，跟名字沒關係。羅蜜歐，甩掉你的姓氏吧，為了補償你失去那沒要緊的姓，把整個兒的我，拿去吧。」

莎翁：口渴了吧？喝點啤酒。

冷伯：謝謝。

莎翁把手上搖晃過的啤酒交給冷伯，然後自己從茶几上拿一罐。兩人同時開啤酒。

莎翁：為修辭乾一杯！

冷伯：為此一時彼一時乾一杯！

可想而知，冷伯那罐一打開就溢出來了，讓他喝了滿嘴泡沫，莎翁看得樂不可支。

冷伯：幼稚。沒想到「莎士比亞」的意思就是幼稚。

莎翁：你的名字又好聽到哪了？

冷伯：「冷伯」有什麼不好的？

莎翁：冷酷的伯伯，這名字能聽嗎？

冷伯：胡說！我的名字的引申意是「冷靜的硬漢」。

莎翁：你剛出生時一定毫無血色，我猜你母親八成很後悔，不敢相信這冷冰冰的小傢伙是從她子宮裡拉出來。

冷伯：喂，提到我母親的時候請不要提到子宮，感覺有點怪。

莎翁：這又回到修辭已死的話題。這個失語的年代，人們說起話來扭扭捏捏，為自己設下很多禁忌，越自然的事物越刻意避開，但你們的語言卻和高雅一點兒也沾不上邊。你們的話語——「全靠流行的時髦話，那掛在嘴邊的幾句口頭禪，從渣滓裡泛起的一堆泡沫，只要吹一口氣，那些泡沫就全都不見了。」

冷伯：《哈姆雷特》。

莎翁：答對了。

冷伯：你是歷史上最會瞎掰的作家，別人好不容易擠出三行，你信手拈來就是一千，因此我總分不出你到底是有感而發還是借題發揮。

莎翁：兩者有差別嗎？

冷伯：唉，這會不會就是你來找我的原因？

莎翁：是你找我來的，不是我來找你。

冷伯：無所謂，說不定你的出現就是要教我瞎掰的功夫——

莎翁：不提了，每回研究你為何把我找來的原因，我們都得不到結論，搞得我——你們俗話怎麼說的？——對了，搞得我一個頭兩個大。我的頭已經夠大了，不要兩個大。看電視吧，我決定入境問俗，跟你們學習，但凡遇上頭大的時刻，看看電視頭就變小了。電視在播什麼？

冷伯：NBA。

莎翁：我愛NBA！高潮迭起，劇力萬鈞。

莎翁專注地盯著電視看。冷伯搖搖頭，對著空氣自言自語。

冷伯：我這一生就迷戀兩樣東西。一個是麻將，另一個是戲劇。不做戲的時候，我多半在打麻將；不打麻將的時候，我多半在做戲。麻將可能輸很多錢，做戲卻賺不了幾文錢；因此我的存款簿從未有過輝煌的一頁。多年來，我謹守分際：麻將歸麻將，戲劇歸戲劇。井水不犯河水。也就是說，打麻將時我忘了戲劇，做戲劇時我忘了麻將，可從沒想過，有一天這兩個世界竟然交叉重疊，混到一塊了。話說前一陣子，我的戲劇遇上了瓶頸，而與此同時，我的牌技也剛好撞牆。劇本編不好，乏人問津；打牌呢，則十賭九輸，導致我的存款簿愈來愈羞於見人，到最後只能夾著許多借據躲在抽屜裡。在苦思如何同時突破兩者的迫切壓力下，我變得無法專注，打麻將的時候想著戲劇，寫劇本的時候卻想著麻將。那時期非常誇張，我一邊打牌一邊捧著劇本；或者是，我右手忙著寫稿時，左手還不忘練習摸牌。我似乎迷失了方向，又彷彿參透了什麼。就在我處於極度混亂的當頭，奇妙的事情發生了。在一個寂然無聲、沒有一隻耗子騷動的夜晚，我躺在床上閱讀《哈姆雷特》，然而就在我轉身換個姿勢的時候，竟然驚見莎士比亞躺在我旁邊，嚇得我從床上一躍而起，差點沒撞到天花板。一陣惶恐之後，我問他為何出現，他對我說，他因我的召喚而出現。不僅如此，他把哈姆雷特也一起帶來！一個偉大的作家和一個偉大的角色就這樣魔幻般地闖入我的世界，可我卻完全不知道該拿他們怎麼辦。無論我們三人如何地腦力激盪——其實是兩人的腦力激盪，只有我和莎士比亞，那個哈姆雷特對任何事都提不起興趣——我們還是搞不明白這一切的用意。我有強烈的預感，只要這謎團不解開，莎士比亞就會一直待在這兒，看我的電視，吃我的雞爪，喝我的啤酒。

莎翁：我以名譽為誓，這雞爪夠味！

冷伯：十六世紀的人講話總是這麼誇張。

莎翁：我以名譽為誓，這雞爪可以帶回家鄉！

冷伯：好了，雞爪是微不足道的東西，不需要以你的名譽起誓。

莎翁：如果我用雞爪來擔保我的名譽你會高興兒點嗎？

冷伯：高興點兒，不是高興兒點。

莎翁：高興點兒。這個「兒」字真難。

冷伯：你的跟班哈姆雷特，人呢？

莎翁：他去醫院。

冷伯：去醫院幹麼？

莎翁：看精神科。

冷伯：神經病啊看什麼精神科？

莎翁：他聽說現代醫學很發達，可以治他的毛病。他的毛病，你也知道，就是猶豫不決、舉棋不定。

冷伯：我懂了。生存，或死亡，是個問題。

莎翁再喝一口啤酒。

莎翁：我敢說，此時此刻我也陷入兩難。
冷伯：又怎麼啦？
莎翁：禮儀要求我閉嘴，真誠卻唆使我開口。
冷伯：你在胡說八道什麼啊？
莎翁：我敢宣稱：你的住處是馬槽，你是馬主人。
冷伯：為什麼？
莎翁：因為你請我喝的啤酒是馬尿。
冷伯：去買新鮮的不就得了。
莎翁：走，買酒去。這次由我來挑。
冷伯：隨你挑。馬尿品牌特別多。

兩人出門買啤酒去了。

4.

精神科問診室。

哈姆雷特：……以上，就是我的故事。

沉默。

男醫師：嗯，哈姆雷特先生。

哈姆雷特：別客氣，叫我哈姆就可以了。

男醫師：嗯，哈姆，讓我把你的故事理一遍：你是富二代，你父親富可敵國——

哈姆雷特：不是富可敵國。他擁有一個王國，他是國王。

男醫師：而你，是正宗的王子。
哈姆雷特：正宗。
男醫師：你父親過世後，叔父霸占了王位不打緊，你母親還居然改嫁給叔父。
哈姆雷特：「脆弱，你的名字是女人。」
女醫師：話可以這麼說嗎？可以一竿子打翻整條船嗎？
哈姆雷特：對不起，那是我家鄉的順口溜。
女醫師：我家鄉也有順口溜：男人靠得住，母豬會上樹。
男醫師：林醫師，請保持專業，這不是比賽順口溜的場合。
女醫師：對不起，我失態了。
男醫師：哈姆，回到你的故事：某天夜裡，你父親的鬼魂來找你，向你透露，
　　他是被你叔父害死的，要你為他報仇，但是你覺得很累，不想擔負這
　　個撥亂反正的大任。
哈姆雷特：大致如此。
男醫師：為什麼覺得累？
哈姆雷特：我原本只是個大學生，念書、飲酒、賭博、泡妞是我的生活內容；

我樣樣精通，還榮任擊劍社社長。然而，先父的鬼魂打破了我的生涯規畫。他告訴我這麼多醜陋的事情，又堅持要我為他復仇，你可以體會我內心的衝擊吧？之所以感覺累是因為，他命我快快動手，完全不給我時間琢磨；而讓我累上加累的是：縱使我復仇成功——沒有理由假設我無法達成任務，因為我天天和叔父見面，只要我冷不防地拔劍刺向他的胸膛，他自然一命嗚呼——然而縱使我這麼做了，把他像野獸一般殺了，這世界依然醜陋如舊，我對人性依然徹底失望。我完成了什麼？除了鬼魂的指令，我沒完成自己。

女醫師：以上就是你懦弱的藉口？

哈姆雷特：啊？

女醫師：不敢殺人就老實說吧！

哈姆雷特：喂，請問妳真的是醫師嗎？

男醫師：對啊，連我都懷疑了！

女醫師：我當然是。

男醫師：可以看妳的證件嗎？

女醫師從白袍的口袋裡掏出她的證件給男醫師看。

哈姆雷特：你們倆不認識？

男醫師：我今天是代班的，我倆第一次共事。我是主治醫師，她是實習醫師。請問林醫師，妳做實習醫師多久了？

女醫師：三年了。

男醫師：這麼久？

女醫師：說來慚愧，都是我沒辦法克制對病人的情緒，不是太同情，就是太反感。

哈姆雷特：看來妳對我的情緒是反感多於同情。

女醫師：是的，不好意思。你的情況讓我聯想到家中小弟，他是個與社會絕緣的宅男，成天關在家裡、掛在網上，什麼正事都完成不了還整個人透著陰慘憂鬱的霉氣。

哈姆雷特：妳將我堂堂王子和令弟那個宅男相提並論?!

女醫師：請不要生氣，那是潛意識的作用。尤其當我聽到你的名字是哈姆時，我就想到我家，我爸爸是肉販，專賣火腿。

哈姆雷特：什麼！我尊貴的姓氏居然被比做火腿！（拔劍）

男醫師：對不起，咱們扯遠了。火腿先生，不，哈—哈姆先生，請你息怒，把劍收起來。請坐，接下來由我來問診。林醫師，妳不要打岔，嘴巴上個拉鍊，可以嗎？

男醫師終於將哈姆雷特安撫下來。

男醫師：王子殿下，我是精神科醫師，我所執行的專業，就是不跟病人抬槓。我不會分析你的心理，告訴你，你有戀母情結；我也不會因為你對愛人奧菲麗雅的行為而指控你，說你是虐待狂——不，容我說完，請暫緩拔劍，讓您的尊手休息片刻——我不會這麼說，因為這並非我職責所在。當你說這個時代分崩離析，被生下來的人很倒楣，也許吧，這個世界真的是亂了些；當你將世界比喻成一座監獄，我多少能感同身受。不瞞您說，有時我覺得這間醫院就是我的監獄。但是，你的情結和我的觀感都不是今天診療的重點；重點在於，你告訴我症狀，我為你開藥方，就這麼簡單。

哈姆雷特：你有什麼藥方？

男醫師在便箋上寫了些字，交給哈姆雷特，後者看著字條。

哈姆雷特：這是什麼？百憂解？

男醫師：百憂解。你的症狀是典型憂鬱症，百憂解可以舒緩焦慮，讓你心情好轉。

哈姆雷特：另外一個是什麼？武俠小說？

男醫師：沒錯，武俠小說寫的都是父仇不共戴天的故事，多看武俠小說可以激發你復仇的意志。只要百憂解和武俠小說照我寫的劑量雙管齊下，我保證，不出半個月，你的問題自然迎刃而解。

哈姆雷特：謝謝趙醫師，現代科學真神奇！我這就去拿藥。

男醫師：這醫院你還不熟吧，我帶你去。

兩人相偕往外走，男醫師手搭在哈姆雷特肩上。

男醫師：這套服飾挺別致的……

問診室只剩女醫師。女醫師用手作勢打開拉鍊，然後重重地嘆一口氣。這時，一個全身只穿內衣褲的男子和一名警衛闖進來。

女醫師：陳醫師！你怎麼穿——
陳醫師：那個人呢？
女醫師：你是說趙醫師？趙醫師他——
陳醫師：他不是趙醫師，他是我病人。他是住院病人，有嚴重的妄想症。我剛才去巡房時被他從後頭擊昏，等我醒來時發覺全身只剩下內衣褲——
警衛：現在人呢？

女醫師：他走了，跟病人走了。
陳醫師：這廂事情鬧大了。

5.

公園。
冷伯和莎翁各自從東西邊的入口走進公園，兩人相隔甚遠。冷伯看到被繩子圈住的幸運，莎翁則看到拉著繩索的貝克特。兩人不解地看這奇觀。
東邊的冷伯打手機給西邊的莎翁。莎翁身上的手機響起。
莎翁：這是什麼聲音？為什麼我的身體會歌唱？
冷伯：接電話啊！我不是才教了你嘛，笨蛋！

莎翁找到手機，拿出後一陣亂按。

莎翁：這怎麼按？Hello? Hello?

冷伯：喂？老莎？是我啊，冷伯。別再一直哈囉了。

莎翁：冷伯？你在哪裡啊？你在機器裡嗎？

冷伯：我不在機器裡，我是透過機器和你通話。

莎翁：是嗎？可我怎麼感覺你就困在裡面，我要怎麼救你出來？

冷伯：別管了，哈姆雷特呢？有沒有看到人影？

莎翁：沒有，你確定是這兒嗎？

冷伯：應該沒錯，剛有一位路人告訴我，他看到一個奇裝異服的人在公園裡閒晃。

莎翁：那可未必，你們這邊的人哪一個不是奇裝異服？

冷伯：但是那個人還喃喃自語個不停。

莎翁：喃喃自語算什麼證據？放眼過去，哪一個路人不是一面走一面對著機器布拉布拉個沒完？

冷伯：重點是，那個路人說的奇裝異服是十六世紀的款式。

莎翁：喔，應該是哈姆雷特沒錯了。

冷伯：你現在人在哪？

莎翁：依夕陽的位置判斷，我在公園的西邊。

冷伯：我在東邊。

莎翁：這裡沒有什麼人影，我只看到一個瘦骨嶙峋的老人拉著一條繩索，那繩索顯然很長，因為我看不到盡頭。

冷伯：怪哉，我也看到一個人，他的頸項被一條繩索圈住，那繩索顯然很長，因為我看不到源頭。

莎翁：咱們倆看到的是同一個現象，我敢說。

冷伯：我不敢說。如果是，這繩索太長了，彷彿和人類史一樣長。咱們繼續找，你往南，我往北。動作要快，我有不祥的預感。

莎翁：放心，我猜他只是迷路了。哈姆雷特雖然愛發牢騷，但他愛上自己的憂鬱，不會尋短的。

兩人各自梭巡去了。這時，貝克特用力拉扯繩索，害得幸運踉蹌，差點跌倒。

貝克特：凳子！

聞此，幸運大費周章地放下包袱，搬一張小凳子給貝克特後，走回原處。幸運將大小包袱背起，但等他差不多背好後，貝克特又有指令了。

貝克特：雞腿！

幸運只好再度放下包袱，從中拿出一只便當盒，走過去，交給貝克特。貝克特開始啃雞腿，幸運則再把包袱背在身上。貝克特吃了幾口便將雞腿收起來。

這時，先前冒充趙醫生的病人現身。他身上的醫師白袍不見了，現在穿的是哈姆雷特的衣服。

他走到舞台正中，開始表演《哈姆雷特》裡主人公第七個獨白。

病人：我耳聞目睹的一切，都在譴責我，

鞭策我：快醒來，快報仇。

（病人覺得披肩礙手，讓他無法進入狀況，索性摘下，將它放在地上）

一個人還算人？——

要是他一輩子的樂趣和受用就在於

吃了睡，睡了吃，不過是畜生罷了。

老天造我們，讓我們明理懂事，

又思前顧後，給了我們這智慧，

這神明般的理性，絕不是為了

讓它發霉，白白浪費。

（妮娜出現。她帶著行李，一副風塵僕僕的模樣。她看著病人表演）

不知道這究竟
由於禽獸般渾渾噩噩，抑或是
顧慮重重，把後果越想越嚴重——
三倍的懦弱壓倒了一份的理智。
我可不明白，我一天又一天活下去，
只是說「這件事應該做」——我明明有理由，
有決心，有力量，有辦法這麼做啊。

（深受表演感動的妮娜，走到他面前，投了一些銅板在披肩上。）

妳為何這麼做？

妮娜：啊？沒有啊，我只是覺得你的表演很精采，所以——

病人：我不是在表演。

妮娜：你穿著戲服，而且朗誦的明明就是《哈姆雷特》裡最雄偉的那段獨白。

病人：沒錯，但這不是戲服，我平常就這麼穿，我就是哈姆雷特。

妮娜：真的？

病人：如假包換。

妮娜：太高興認識你了。我叫妮娜，來自俄國。

病人：妳好，妮娜。

妮娜：你知道嗎，你在第三幕那一段給戲班子的指示真的非常受用，我一直謹記在心，早就倒背如流了。

病人：「念台詞的時候，要從舌尖輕輕吐出來。」

妮娜：「不要大叫大嚷。」

病人：「演戲時不要把手像這樣在空氣裡劈來劈去。」

妮娜：「哪怕是熱情奔放，像激流，像暴雨，像旋風，也必須努力保持一種節制。」

病人：再考妳一個：「動作要跟上台詞，台詞要配合動作。」

妮娜：「特別要注意的是，表演切忌超出了自然的分寸。因為不管怎樣，演得過火，就失去了演戲的本意。」

病人：看來妳一定是個演員，而且還是個不錯的演員。

妮娜：唉，我算是稱職的演員，但要算得上「偉大」，我資質差了些。

病人：為何要「偉大」？我就是拒絕「偉大」的活生生例子。我悲慘的命運逼使我去當英雄，但是我對英雄這個概念非常感冒，才搞得我這一生內心獨白特多，外在行動特少。

妮娜：可這也是你的獨特所在。

病人：一個人活在世上為何一定要獨特呢？是誰規定每個人都一定要突出呢？切記：「野心無非是一場夢的影子罷了。」

妮娜：若不是影子，而是真正的夢想呢？就像你所說的，一個人渾渾噩噩地度日和禽獸有啥兩樣？身為演員，不斷的突破是我的職責，如此才能找到屬於我自己的位置。

病人：什麼是屬於哪個人的位置呢？你看看我——

妮娜：你找到了啊。

病人：我找到什麼位置？

妮娜：你的位置就是永遠在思索你的位置。

病人：這是繞口令嗎？

契訶夫拄著枴杖出現。

契訶夫：妮娜，妳八成又在跟陌生人說妳是海鷗了吧。

妮娜：我沒有！

契訶夫：那就好，事情都過去了。

妮娜：事情不會過去的。（情緒上湧）「我是海鷗，不對，我不是海鷗。不，我是海鷗，唉，算了……。」

病人：妳還好吧？

契訶夫：這位先生，你這身打扮頗為逗趣，這附近有園遊會嗎？

病人：沒有園遊會。您的打扮也不遑多讓啊。

契訶夫：我是俄國人，在下契訶夫。

病人：哇，文豪，久仰。

契訶夫：不敢當。你是？

妮娜：他是哈姆雷特。

契訶夫：哈姆雷特！哇，老夫久仰。怎樣，經過這麼多個世紀，你決定如何？要不要為你父親報仇？

病人：唉，不瞞您說，還在掙扎中。

契訶夫：掙扎是你的宿命。你也許不知道，哈姆雷特，我編寫《海鷗》的時候，心裡念茲在茲的就是你的故事和你的掙扎，但是我把同樣的故事平民化了。我的年代，也就是十九世紀末，國王與王子的故事意義已經不大，取而代之的是小資產階級，例如我身邊的妮娜女士，一個高不成低不就的演員。

病人：原來妳就是《海鷗》裡的妮娜。失敬，失敬。

妮娜：不用客氣，只能說角色的知名度取決於他們的主人。我的主人是他，你的卻是莎士比亞。

契訶夫：我不如莎士比亞，這點我承認。但是，即使莎士比亞也有他不合時宜的時候。唉，提到那個老傢伙，你的主人呢？

病人：什麼呢？

契訶夫：既然哈姆雷特來了，莎士比亞還會遠嗎？

病人：沒有，莎士比亞沒來。

契訶夫：這就奇了，前幾天我收到一封請柬，邀請我參加一個叫《好歌手》的節目。

妮娜：不是《好歌手》，是《好編劇》。

契訶夫：對，《好編劇》。我當時想，編劇怎麼可以比賽，可我當時又想，反正閒著也是閒著，成天待在農莊養風濕也不是辦法，就欣然應約而往了。

妮娜：請柬上還附註：為了顧及排場和面子，每個作家都要帶一個可以使喚的僕人，因為這是土豪級的《好編劇》。所以，不幸地，我也來了。

契訶夫：我跟她開玩笑地說，既然資質平庸，就來幫傭吧。（契訶夫說完自己頗得意地笑了，但其他兩人只冷冷地看著他）對不起，笑話有點冷。其實，妮娜，妳用不著抱怨。聽說這座城市的戲劇活動特別蓬勃，說不定妳可以趁此機會在這裡找到妳一直在尋找的位置。

病人：說真格的，我的主人不在這座城市。

契訶夫：太好了，看來老夫的勝算變大了。

病人：原來此行不單是基於好奇，還有勝利的企圖？

妮娜：別聽他的，他講話總是反諷裡帶著自嘲。

契訶夫：好說好說。我累了，得找個歇腳的地方，你們聊。

契訶夫走到別處溜達。

妮娜：這兒的戲劇活動真的活絡嗎？

病人：沒錯，公園對面就有一個我很熟的劇團，妳想不想去參觀？

妮娜：好啊。

兩人離開公園。

同時，娜拉和易卜生出現。娜拉在前，易卜生在後。晚年的易卜生出門赴宴時總是把這輩子得過的動章別滿上衣，此時他的穿著就是這副德性。

娜拉：老頭子，我還有要緊事得辦，你就不能走快一點嗎？

易卜生：有點耐心吧，我這件衣服很重的。

娜拉：誰叫你每次出門都把這輩子所獲得的動章全都掛在身上。

易卜生：誰叫我是易卜生，挪威的國寶，我代表挪威。何況這回是國際性的場合，我當然要盛裝而來。不過我還是不太明白，這到底是什麼樣的場合。

娜拉：請柬上寫得有點模糊，形容詞滿天飛，什麼跨世紀、超時空之四大天王大薈萃，至於薈萃做啥沒寫，可你一看到天王兩個字整個人就跳了起來，在書房裡嚷嚷著：我一定要參加！我一定要參加！唉，要是人們看得到你們這些作家在私底下的德行，我不相信還有誰會崇拜你們，有誰會想當你們的——的什麼？他們的說法是？

易卜生：粉絲。

娜拉：粉絲。這一定是個奇怪的年代，崇拜和食物有啥關係？

易卜生：娜拉，我得央求妳一件事。這幾天不管在哪裡，我希望妳盡量不要關門，即使要關門，也不要使勁甩門。

娜拉：這能怪我嗎？自從你把我生出來，我是說，自從你在《娃娃之家》創造了我——娜拉——這個角色，我的身分就是一個發現自己深愛的男人是個懦夫而決定拋夫棄子的女性。和家庭永別的那一刻，我狠狠地甩上大門，發出巨大的聲響——碰！——就這麼一聲碰，你打開了知名度，被譽為現代戲劇之父，從此吃香喝辣的，而我呢？我從此浪跡天涯、尋找自我，直到現在還沒找到安身立命的所在。最要命的地方是，自從那一聲令人絕爽舒暢的碰，我關門關上癮了，見門就想關，而且一定要是重重的關。有一回，我好不容易在一家工廠面試上祕書的職位，我興奮不已，臨去前再三感謝老闆，哪曉得關門的時候我又來了，碰的一聲，把老闆嚇得心臟病發。

還有一回，我應徵上保母，那是個好人家，而且娃娃天真可愛，我好想在此安定下來，但沒過三天我就被解雇了，因為我的關門聲導致那個才三月大的嬰兒被醫生診斷得了精神衰弱症。

娜拉講話期間，真正的哈姆雷特出現，邊走邊讀著一本書。當他看到娜拉和易卜生時，如竊賊似地在一旁偷聽。之前哈姆雷特和「趙醫師」交換服飾，現在穿的是精神病院的條紋睡衣褲，但腰間還繫著佩劍，看起來不倫不類。

哈姆雷特：對不起，我剛才不小心聽到你們的談話。

娜拉：偷聽就偷聽，沒有什麼不小心。

易卜生：是啊，沒有偷聽就沒有戲劇，這是我的信念。

哈姆雷特：我真的沒有偷聽，相信我。我愛人的老爸就是因為偷聽我和母親的談話而被我一劍刺死，因此我常把偷聽和死亡聯想在一塊兒。

易卜生：假使你的身分是王子，我幾乎敢斷定：你的名字叫哈姆雷特。

哈姆雷特：果然厲害，我就是哈姆雷特。這位女士，從妳的談話猜測，妳應該是有名的娜拉；而你，這位紳士，從你身上多如繁星的勳章推論，你一定是偉大的易卜生。

易卜生：正是在下。

娜拉：你這身打扮挺別致的，是十六世紀的睡衣吧？

哈姆雷特：喔，不是，我和本地的醫師換的。原來外頭還罩著一件白袍，但我喜歡裡面這件的設計，就把白袍扔了。

娜拉：很有型，看起來像斑馬，說不定是時下最流行的款式。

哈姆雷特：我猜也是，我走在路上，每個人都對我行注目禮。

易卜生：時代真的變了，在我那個時候，囚衣就是這般款式。

娜拉：老頭子，你懂什麼，以前的禁忌是現在的流行。

易卜生：哈姆雷特，既然你出現了，你的主人莎士比亞，應該就在不遠處吧。

哈姆雷特：沒錯，就是他帶我來的。

易卜生：（模仿十六世紀的旁白，往前走一步，對著空氣說話）不妙，既然莎士比亞也來了，老夫的光芒勢必黯淡一半。

哈姆雷特：啊？

娜拉：有人誠實到如此毫不遮掩的地步嗎？

易卜生：什麼？你們聽到了？我以為我在搞旁白。

娜拉：都什麼年代了，還有誰在舞台上搞旁白，真是白目。

哈姆雷特：真白目。

易卜生：真是美麗的公園啊！我想隨處逛逛，這個空間就讓給兩位跟得上時代的聰明人吧。

易卜生自覺沒趣，晃到了別處。

娜拉：你手上拿著什麼書？

哈姆雷特：金庸的《倚天屠龍記》。

娜拉：沒聽過。

哈姆雷特：好書。

娜拉：殿下，你看起來神清氣爽，怎麼啦，哪裡不舒服嗎？

哈姆雷特：因為我吞了一顆百憂解，又讀了一本武俠小說。

娜拉：再這樣下去，你不怕砸了憂鬱王子的招牌？

哈姆雷特：誰需要憂鬱？誰需要王子的虛名？如果可以，我想留在這個世紀，活在這座城市。聽說英文在這兒很吃香，我想開設一家補習班，名字都起好了，妳聽聽看，「丹麥皇家英文速成班」。

娜拉：把「丹麥」拿掉。

哈姆雷特：為什麼？

娜拉：沒有一位家長願意花錢讓一個丹麥人來教他小孩英文。

哈姆雷特：有道理。娜拉，妳知道我最想做的是什麼嗎？如果可能，我想徹底改變我的形象，我要以現在的我，渾身發散著正面能量的我，上演一齣《新版哈姆雷特》，到時候，我保證不再優柔寡斷，不再猶豫不決，當我得知我父親是怎麼死的，我會馬上為他復仇。

娜拉：這樣劇本會不會變得太短了？

哈姆雷特：唉，可惜，我的願望只能停留在幻想的層次。我的故事被寫死了，我這個人也被寫定了。

娜拉：那可未必。我以前也這麼想，我是個劇中人物，我的一切都定型了。但是我想活出自己。我是娜拉，不只是易卜生筆下的娜拉。每個角色，一旦被寫出來，自然有他們自己的生命。當我的故事流傳到英國時，我變成了英國版的娜拉；後來流傳到中國時，我更搖身一變成為中國新女性的代表。如今穿越到廿一世紀，娜拉怎麼可以不變呢？糟糕，只顧著跟你閒聊，差點忘了我得去赴個約。

哈姆雷特：什麼約？

娜拉：找工作，我需要工作。再會了，祝你的補習班馬到成功。

哈姆雷特：謝謝，再會。

兩人分頭離開。

同時，冷伯和莎士比亞分頭現身。這一次，冷伯走到貝克特這邊，而莎翁則走到幸運這邊。兩人用手機通話。

莎翁：你在哪兒？

冷伯：我好像來到你剛才的位置，我看到你提到的那個瘦骨嶙峋的老人。

莎翁：我也好像走到你先前的位置，我看到那個被繩索圈住頸項的可憐兒。一個人受此畜生般的對待，太不人道了。

冷伯：你沒說錯，這兩個畫面是同一件事，只是我一時兜不起來。

莎翁：現在怎麼辦？

冷伯：我看暫時別找了，再找下去你我都走失了。

莎翁：我倆怎麼會合呢？

冷伯：很簡單，你我各自沿著這條繩索走，我相信會碰到一塊的。

兩人照做。不久，果然重逢，遇上時，兩人都喘著氣。

莎翁：太好了，冷伯，你終於從機器裡脫困了。

冷伯：胡說八道。莎翁，繩索的兩端果然是一碼事。這畫面雖然眼熟，可我好像得了失憶症似的，什麼也想不起來。

契訶夫出現。

契訶夫：唉，這不是莎士比亞嗎？
莎翁：正是在下。
契訶夫：久仰，晚輩契訶夫。
冷伯：哇，大師，您也出現了。
莎翁：幸會，幸會。
契訶夫：奇怪，我剛才遇到哈姆雷特，他說你沒有來。
冷伯：你看到哈姆雷特？他在哪？
莎翁：他是我帶來的，怎說我沒來？
契訶夫：他真是這麼說的。
莎翁：這孩子為何撒謊呢？

易卜生出現。

易卜生：果然是詩翁莎士比亞。哇，還有鼎鼎大名的契訶夫。兩位，幸會。敝人是易卜生。

莎翁：幸會。

契訶夫：幸會。

冷伯：又來一位大師。

易卜生：剛才哈姆雷特跟我說您也來了，我就一陣興奮，恨不得早點看到您，
沒想到在此巧遇了。

冷伯：等一下，你也遇上了哈姆雷特？

易卜生：對不起，這位是？

冷伯：喔，在下冷伯。我——我是莎翁的地陪。

易卜生：地陪？為什麼我沒有地陪？契訶夫，你有嗎？

契訶夫：沒有。

易卜生：為什麼只有莎士比亞有地陪？這主辦單位未免太大小眼了吧。

莎翁：管他有沒有地陪，小易，你剛才說遇上了哈姆雷特？

易卜生：是的。

莎翁：而他對你說我來了？

易卜生：對啊。

契訶夫：不對，我也遇上了哈姆雷特，可是他對我說老莎沒來。
莎翁：這就奇了……
易卜生：我懂了，老莎，這是不是你故意搞出來的烏賊戰術？
莎翁：我何必搞什麼烏賊戰術？
易卜生：誰曉得，難保不是要讓自己的行蹤撲朔迷離，回頭再殺我們個措手不及。
莎翁：胡說八道！我要殺誰？你莫要血口噴人！
冷伯：大家別傷了和氣。莫名其妙出現兩種說法，這中間一定有什麼誤會。
契訶夫：難道是見到鬼了？

穿著囚衣的哈姆雷特出現。大夥都沒看到他，他從冷伯身後拍他肩膀。

哈姆雷特：冷兄，你們怎麼會在這兒？

大夥嚇了一大跳。

冷伯：哇，你誰啊？

莎翁：哈姆雷特？你怎麼穿成這副德行？

易卜生：就是他，哈姆雷特。

契訶夫：不是，他不是哈姆雷特，哈姆雷特怎會是這身瘋人院似的打扮？

哈姆雷特：我是哈姆雷特。

莎翁：是他沒錯，可這身打扮……

契訶夫：你不是，你是冒牌的哈姆雷特。

哈姆雷特：這位先生果然觀察入微、洞若觀火。沒錯，我是冒牌的哈姆雷特。

契訶夫：我說嘛。

易卜生：啊？

莎翁：你明明就是哈姆雷特，怎麼會說——

哈姆雷特：主人，我變了。這個時代的正面能量改變了我，使我從憂鬱的王子變為追求小確幸的平民。我雖然名為哈姆雷特，但是沒錯，不再憂鬱的哈姆雷特，就是冒牌的哈姆雷特。

莎翁：天啊，怎麼這麼亂？

冷伯：各位，稍安勿躁。我懂了，我完全懂了。

莎翁：你懂了什麼？

冷伯：我們掉進了《錯中錯》的情節裡了。

契訶夫：《錯中錯》？

易卜生：一點也沒錯，是《錯中錯》。

莎翁：我這個老糊塗，劇本是我寫的，居然沒看穿其中的把戲。

易卜生：老實說，老莎，那是你最爛最胡鬧的劇本。

契訶夫：我不同意。

易卜生：你當然不同意，因為你就喜歡言不及義的東西。

契訶夫：哪像你，寫起東西來沉重到一點幽默感也沒。

冷伯：各位，請勿爭吵，你們都是我心目中的大師。既然你們同時出現在這座城市，表示有一件戲劇界的大事即將發生，至於是什麼大事——

契訶夫：根據我收到的請柬，應該與編劇比賽有關。

莎翁：荒謬！編劇怎麼比賽？

易卜生：有何不可？古希臘不就有奧林匹亞編劇競賽？各位，相信我，就是編劇比賽沒錯。問題是，我的請柬上面寫的是四大天王，咱們現在三缺一，另外一位是誰呢？

冷伯：我真是笨蛋，居然現在才想到。

莎翁：怎麼啦？

冷伯：各位，第四位已經來了。

易卜生：來了？

契訶夫：誰？

冷伯：真的來了。他就是轟動劇林、驚動文壇的貝克特。

眾人：是他？

莎翁：原來那個拉著一條繩索的就是——

冷伯：貝克特。這下好了，全員到齊。

易卜生：（旁白）這下更糟了。貝克特也來了，我易卜生還有丁點光芒嗎？

易卜生又搞旁白，等他說完才發現所有的人都瞪著他。

莎翁：丟臉！獨白都快絕跡的年代，你還在搞旁白！哈姆雷特，咱們回去。我有話要問你。

幾人作鳥獸散。

莎翁：（問哈姆雷特）什麼意思你不再憂鬱？你吃錯藥了嗎？（問冷伯）他提到「小確幸」，那是什麼東西？

冷伯：唉，那是台灣流行的東西。

公園裡只剩貝克特和幸運。

6.

冷伯和莎士比亞來到一棟大廈前，入口處有一名警衛。

冷伯：待會兒我和張製片討論劇本的時候，你只要坐在一旁當聽眾，不要插嘴。

莎翁：沒問題，照我們出發前的計畫行事。我有耳無嘴，等出了電影公司再跟你分享我的觀察。

冷伯：對，這樣或許能找出我的編劇到底出了什麼問題。

莎翁：你不是說你的麻將也出了問題嗎？

冷伯：So？

莎翁：你不覺得這兩個應該擺在一起談嗎？

冷伯：麻將你懂什麼？你是莎翁，做我的編劇醫師是理所當然的事，可麻將你能教我什麼？教我怎麼吃怎麼碰怎麼胡嗎？

莎翁：只是個小小的提議，年輕人，不必發這麼大的火。

冷伯：對不起，昨天又輸了一屁股。走吧。

兩人走到入口，被警衛攔住。

警衛：證件！

冷伯：（掏出證件）我和張丰，張製片有約。

警衛：（檢查證件和會客表）早上十點半。張製片在四十七樓。

冷伯：謝謝。

說完，冷伯才要帶著莎翁走過門框，卻又被攔下。

警衛：（問莎翁）你呢？證件！

莎翁：什麼證件？

冷伯：他跟我一道的。

警衛：不行，會客表上只登記你一人。證件！

莎翁：證件？我這張臉需要證件？你們知道我是誰嗎？我是莎——

冷伯：殺風景的殺。他是新片《殺風景不歸路》的男主角。

警衛：《殺風景不歸路》？沒聽過。

冷伯：你當然沒聽過。《殺風景不歸路》是一齣即將開拍以環保為訴求的愛情偶像劇，而他就是裡面不可或缺的男主角。

警衛：故事背景是什麼？怎麼這身打扮？

冷伯：這是商業機密，不要洩漏出去：《殺風景不歸路》是一齣以環保為訴求的愛情時空穿越偶像劇。

警衛：喔，我喜歡穿越劇。加油！

莎翁：謝謝，謝謝。

兩人走過門框。

莎翁：殺風景，不歸路。虧你想得出來。

冷伯：這年頭只要講環保，沒有人敢說不的。電梯在這兒。

莎翁：電梯是什麼？
冷伯：電梯就是電梯。看我變魔術。三二一，芝麻開門！

電梯門應聲而開。

莎翁：一間斗室？
冷伯：什麼斗室？這是觀景電梯，你可以往外看。
莎翁：它要帶我們去哪？
冷伯：進去，沒事。

莎翁猶豫著，被冷伯推進去。電梯門關上，電梯往上走。莎翁被這突如其來的發展嚇壞了，一邊哭喊哀嚎，一邊拍打著透明玻璃，最後整個人貼在玻璃上面。從外面看彷彿是一場默劇。

好不容易抵達四十七樓。電梯門打開時，剛好有一名妖豔的女子站在電梯前，對著反射出的影像搔首弄姿。

莎翁：美人！我上天堂了嗎？

莎翁感激得要給她西式擁抱，卻被對方賞了一巴掌。

美女：登徒子！

女子走進電梯。兩人走出。從頭到尾，冷伯笑歪了。

莎翁：你在捉弄我嗎？
冷伯：我覺得很好笑，尤其是你在裡面哭喊的時候。媽咪，救我！
莎翁：胡說，我沒有叫媽咪。
冷伯：知道電梯的神奇了吧？我們在三十秒之內從一樓攀升到四十七樓。
莎翁：胡說，怎麼可能。
冷伯：看看窗外。

莎翁往窗外一看，頓時腿軟。

莎翁：歐喔，我暈眩。

冷伯扶著莎翁。

冷伯：往這邊，快到了。

冷伯把莎翁安置在一個角落。這時，張製片走來。

張製片：冷伯，給我一個擁抱，你這個大騙子。

冷伯：啊？

兩人擁抱。

張製片：老實說，你有沒有騙我？
冷伯：騙妳，我沒騙妳啊，張製片。
張製片：你跟我說你以前編的劇本都是話劇，從來就沒寫過電影腳本。
冷伯：我是沒寫過電影腳本。
張製片：少來，你給我的腳本寫得那麼出色，怎麼可能出自一個新手呢。
冷伯：出色？
張製片：唉，這位服飾很潮的老先生是誰？
冷伯：喔，他是我來自英國的朋友，剛下飛機，還在暈眩。
張製片：（湊近莎翁，大聲地）Dear Sir, welcome to Taiwan!
冷伯：不用那麼大聲，老人家只是暈機，沒有重聽。就讓他坐在旁邊，我聊我們的。妳剛才說我的腳本……
張製片：出色。
冷伯：出色？
張製片：完美。

冷伯：完美？

張製片：劇情緊湊，人物突出，主題鮮明，可說是無可挑剔。

冷伯：但是……

張製片：但是？

冷伯：每一句讚美的話語最後總是接著但是。

張製片：喔，你錯了，沒有但是。

（頓）

不過——

冷伯：不過就是但是。

張製片：然而……

冷伯：好吧，我的劇本有什麼缺點您就直說吧。

張製片：沒有缺點，但是——好吧，是有但是——我就直說了。我要給你一個提醒，好讓你的劇本從紙上的完美晉升到全然可拍的層次。你希望劇本被拍成電影吧？

冷伯：這是所有編劇夢寐以求的事。

張製片：很好，注意聽：你的劇本缺少一個哏。

冷伯：哏？您是說笑話？相聲裡的包袱？

張製片：不是，那是以前的說法，我講的哏有新的意思。所謂哏，就是讓觀眾看完了電影後牢牢記住、深受感動的元素。你的劇本已經非常完整，但是它少了一個哏。

冷伯：聽不懂。

張製片：哏就是令人念念不忘的橋段，而這橋段裡要有一句讓人琅琅上口的台詞。比如說《模仿遊戲》裡頭，「有時候，那些不受世人期待的人往往會完成超出世人期待的事」這句台詞，多麼簡潔有力啊。它把整部電影的精神濃縮成一顆寶石。《蜘蛛人》你有印象嗎？

冷伯：有。

張製片：你記住了哪一句話？

冷伯：「能力越強，責任越大。」

張製片：就是這句。容我舉一個更久遠的例子，若要說鋪哏，莎士比亞乃此中翹楚。

（她這句話讓暈眩的莎翁完全清醒了，頓時端坐聆聽。）

他那一句「世界是一個舞台，所有的男男女女不過是演員」誰不記得？

莎翁：「他們有下場的時候，也有上場的時候。」

張製片：果然是英國人，不愧為莎翁的後代。

莎翁：哪裡，不敢當。

冷伯：對不起，不是我愛抬槓，莎士比亞如果偉大——

莎翁：何謂「如果」偉大？

張製片：莎翁就是偉大，沒有如果。

莎翁：這位張製片，妳果然識貨。

張製片：不瞞您說，我可是戲劇系科班出身的。

莎翁：對，不像有些半路出家的三百五。

冷伯：二百五。

莎翁：我知道，但為了加強語氣我加碼一百。

冷伯：喂，你到底是站在哪一邊的？

莎翁：我站在真理的一邊。

張製片：說得好。

冷伯：兩位，我想說的是，莎士比亞的偉大絕對不是因為他很會鋪陳所謂的哏，也絕對不是因為他很會寫琅琅上口的名句。說句難聽的，一個寫了三十六、七個劇本的劇作家，如果沒留下幾句膾炙人口的台詞，豈不是笑話一樁？就拿剛才那句來說吧，「世界是一個舞台，所有的男男女女不過是演員」，我不覺得有什麼了不起的。一個人亂寫一千句，總是會誤打誤撞出一兩句經典的。

莎翁：是嗎？你要不要當場示範一下？

冷伯：那有什麼問題。聽著：世界是一座花園，所有的男男女女不過是蜜蜂。

（用唱的）「嗡嗡嗡，嗡嗡嗡，大家一起勤做工。」

莎翁：荒唐！

張製片：無聊！莎士比亞若是地下有知一定會站起來罵你的。

莎翁：他要是地上有知一定會氣得躺下。

冷伯：兩位請息怒，我不過開個玩笑罷了。張製片，老實說，妳要一個感人肺腑的橋段，我能給；妳要一句千古傳頌的台詞，沒問題——

張製片：但是——

冷伯：（同時）但是——

張製片：果然有但是。

冷伯：但是，電影不是廣告，不是靠著一兩句看似雋永的對白就足以支撐的。

莎翁：話雖如此，但是，沒有必要看不起廣告，更別排斥商業。

張製片：知音，你是我的知音！

莎翁：自從我來到這兒以後，我觀察了很多——

張製片：真厲害，剛下飛機就觀察入微。

莎翁：哦，對，我剛下飛機，可我吸收能力特強。這時代的人們總愛將沒有好的劇本怪罪給商業化，彷彿一切都是廣告的錯。其實在我看來，廣告這個工業，是現代文明最崇高的發明。你們想想，要是我當初在寫劇本，不是，要是當初我的祖先，莎士比亞在寫劇本的時候就有廣告的概念，他的劇院早就賺翻了。只恨當時我——的祖先沒想到廣告這一招，否則他的劇本就可以每十二分鐘一個單元，單元與單元之間穿插廣告，賣他的簽名劇本，還有印著他肖像的T恤，我的天啊，我彷彿聽到了硬幣落盤的清脆聲響。卡清！卡清！

冷伯：收斂點吧。

莎翁：抱歉，失態了。

冷伯：原來，鬧了半天，你大老遠跑來就為了告訴我商業無罪嗎？

張製片：這位老先生，我太欣賞您的觀點了。你會編劇嗎？你願意為我們編劇嗎？

莎翁：編劇我還可以，這是我莫大的榮幸。

張製片：好極了，咱們到我辦公室，我馬上和您簽約。

張製片帶著莎翁下，留下滿臉疑惑的冷伯。

冷伯：「時代脫節了，唉，真倒楣，偏要我把重整乾坤的擔子挑起來。」

7.

劇團。

病人帶著妮娜來到劇團，遇上劇團團長。

病人：團長。

團長：嘿，山豬！你最近跑哪兒去了？好久不見人影？

病人：喔，我最近和一個劇團四處巡迴演出，今天才回來。

團長：還穿著戲服回來，夠屌了！

病人：小意思。

團長：你來得正好，我們最近在排演一齣戲，正需要演員。

病人：需要女演員嗎？

團長：也需要。

病人：跟你介紹，這位是來自俄羅斯的演員，叫妮娜。

團長：妳好。

病人：這位是混搭劇團團長，小江。

妮娜：小江團長，你好。

團長：我們需要一個演員演貴婦，妳願意試試嗎？

妮娜：這是我的榮幸。

病人：我呢？我演什麼？

團長：你演富豪。

病人：富豪？我看是土豪吧。

妮娜：劇本是什麼？

團長：是新戲，叫《娜拉求職記》。

妮娜：娜拉？易卜生的娜拉？

團長：沒錯，你們先進去，我待會兒過來。

8.

職業介紹所。

娜拉來到職業介紹所，遇上江經理。

娜拉：請問您是混搭職業介紹所的江經理嗎？

江經理：我是。

娜拉：江經理您好，我叫娜拉，我來應徵你們廣告上家庭教師兼奶媽的職務。

江經理：歡迎。不過妳要有心理準備，這個家庭很挑，在妳前面已經有五六個來應徵，卻沒有一個被相中。

娜拉：問題出在哪？

江經理：老實說，問題不在應徵的人，而是那個家庭。

娜拉：怎麼說？

江經理：別說是我說的。那個家庭啊，先生是富豪，夫人是貴婦，他們的眼睛不是長在這兒（指著自己的額頭），而是在後腦杓，因此誰都看不上，連老天都不看在眼裡。

娜拉：看來機會不大，不過我還是得碰碰運氣。

江經理：沒問題，到我辦公室，填個表格，我為妳安排。

9.

冷伯家。

莎翁與冷伯在客廳聊天。

莎翁：你們使用的語言很有趣。我最近學到了「劈腿」的說法，頗有畫面。我自個兒發明的說法是：「一腳在岸上，一腳在海裡。」

（發覺冷伯沒在聽他說話）

冷伯，怎麼啦？自打走出電影公司到現在你一直沉默著，不管我如何說笑，你都毫無反應，像一顆煮不開的蛤蜊。

冷伯：偉大的莎士比亞居然和廿一世紀唯利是圖的電影公司簽約。

莎翁：你在為這個生氣？

冷伯：要是真如你所說，是我召喚你來的，我的潛意識可不是為了幫你跟電影公司牽線來著。

莎翁：當然不是。但是我和對方一見如故，這代表什麼？是不是意味，你把編劇這個行業看得太嚴肅了？你要知道，戲劇是我謀生的工具，我不過是寫幾個劇本餬口飯吃，哪曉得後來的人們加油添醋，說得天花亂墜，意見不合還打筆戰，甚至把「莎學」搞成了一項工業。我生前編劇大都只想到演出效果，票房賣不賣，贊助的貴族是否喜歡，或是會不會得罪了皇家等等這些實際的考量，可從來沒想到我死後會如何地「不朽」。除了玩劇場，我還炒地皮。你知道嗎，我十五歲就拿劇場賺來的錢買了一棟房子，到了四十一歲時還在家鄉買了一塊地，鄉親都把我當商人看待，你想我會以偉大自居嗎？我告訴你，只有淺薄的作家才會在下筆的時候想到「不朽」。

冷伯：你這一罵，罵到很多作家。

莎翁：希望不包括你。

冷伯：我算老幾？我只是想，你的出現應該會帶來啟示，偏偏我搞不懂那是什麼啟示。我一直覺得，不只我個人，整個時代的作家都在編劇上遇到了瓶頸。

莎翁：於是你們齊聲感嘆，都是商業掛帥的錯，彷彿這麼說就可以將個人的貧乏怪罪給時代的風氣，如此一來，就能安撫自己受傷的自尊？

冷伯：或許吧。

莎翁：會不會這一切都在你的幻想裡？

冷伯：你是說，你和哈姆雷特出現在我家，還有易卜生、契訶夫、貝克特他們，這些都只是我的幻想？當然很可能。

莎翁：我不是指那個。我指的是，你認為整個時代都在撞牆這個現象，可能只是你自己的幻想。情況或許沒那麼糟，只是你總喜歡把它說到了谷底。咱們昨晚聊到深夜，你說這個世紀沒有悲劇；我說，天天有死人，怎麼會沒悲劇。你生氣了，以為我在跟你開玩笑。其實，我懂你的意思。你是說這個世紀出產不了好的悲劇，也就是說，出產不了像我那個年代的好的悲劇。但是，這番比較沒有意思。你說悲劇死了，我說不可能，只要有人類就有悲劇，只不過悲劇的面貌一直在變。易卜生和契訶夫兩人雖然生活在同一個時代，他們寫出來的東西卻是那麼不同。易卜生認為個人可以改變社會，但契訶夫筆下的人類卻是那麼的無力。而那個貝克特呢，他所擅長描寫的疏離或虛無，天啊，在我的年代根本沒那些想法。

這時，易卜生、契訶夫、貝克特三人出現在門口。

莎翁：說到諸葛亮，諸葛亮到。

冷伯：是曹操，不是諸葛亮。

莎翁：不是嗎？我以為諸葛亮有三個。

冷伯：諸葛亮只有一個，臭皮匠才有三個。

莎翁：這不就來了嗎？

契訶夫：對不起，來晚了。

莎翁：是有點晚，害得我窮極無聊，居然對這小子發表了一段關於戲劇史的演說。

契訶夫：剛才發生了一點小插曲。我們三人去了一家港式飲茶店用餐，因為客滿，和幾個年輕人同擠一張圓桌。年輕人唧唧喳喳說個沒完，爭先恐後地交換藝人八卦和最新科技情報。其中一位得意洋洋地告訴朋友說：「現在叫計程車最快速穩當的方式就是走進便利商店，在機器操作幾下車子就來了。」朋友們聽了大呼驚奇，各個露出感動的神情。這時，我給坐我左邊的貝克特一個眼神，意思是「便利商店可以叫計程車，如此福音聽說過嗎？」貝克特不屑地聳肩，意思是他沒聽說。我又轉頭看了我右邊的易卜生一眼，易卜生不屑地聳了兩次肩，意思是他也沒聽說。這時，我們三人很有默契的同時說——

三人：現代科技，我呸！

契訶夫：時機完美，可惜呸得毫無默契。我對著前方呸，貝克特往右呸，易卜生往左呸，呸得我滿臉都是。這不是插曲的重點。我們用完餐後，走出餐館，這時天空突然大雨傾盆，無論我們如何呼喊大叫，就是招不到計程車。最後，我們只好走進一家便利商店。面對著機器，我們胡亂按鍵，過程中還起了爭執，易卜生把我推開，嚷嚷著說：「不是這樣啦笨蛋，我來！」我也不甘示弱地把他推開，「你才是笨蛋，我來！」一向惜字如金的貝克特也急了，不時大聲地質問：「計程車呢？怎麼沒跳出來！車呢？怎麼沒跳出來！」這時，我們後方的服務員說話了，他說：「機器不要亂按，那是傳真機。」

莎士比亞和冷伯笑開懷，好面子的易卜生覺得沒面子，但貝克特不為所動，獨自走到角落。

易卜生：廢話少說，冷伯，你把我們找來要討論什麼快說。

冷伯：是。我接觸了《好編劇》的製作單位，他們計畫搞一個大師級的編劇競賽。

易卜生：太好了。怎麼比賽呢？

冷伯：對方建議四人以這個時代為背景，以這座城市為題材，各自寫一齣戲。

易卜生：這個題材我有感覺，我可以。

契訶夫：既來之則安之，我不反對。

莎翁：我從來不怕競爭。「兩個人騎著一匹馬，總該有人坐後面。」不過，退一步想，它的意義何在？我們幾個能夠跟這個時代有什麼驚天動地的對話？在我眼裡，這真是個殺風景不歸路的年代。

易卜生、契訶夫：啊？

冷伯：你還真能現學現賣啊。

莎翁：這裡的人們不相信文字，不懂修辭，他們沒有內在獨白，只剩芝麻綠豆的心情鳥語一併託付給機器。他們迷信科技，對自然毫無感應，而自然的存在就像哈姆雷特父親的鬼魂一樣的卑微。前幾天，我上了電梯，那玩意兒瞬間拔起，不到幾秒便到達山丘的視野，雖然神奇，可我卻毫無昇華的感覺。在我的時代，「一粒灰塵可以刺痛人的眼睛，也會攪亂他的心眼兒。」天有異象，代表人的世界出了差池，這是很簡單的道理。各位想必記得我在《哈姆雷特》裡寫的：

正當羅馬如日方中，在全盛時期，

蓋世無雙的凱薩遇刺的前幾天，

墳墓都裂開了，吐出了裹著殮衣的屍體；

在羅馬的大街小巷，啾啾地亂叫──

易卜生：他在講殭屍片嗎？

莎翁：聽我念完：

天上的星星拖著一條火焰的尾巴，
地下是血紅的露珠。太陽變色，
支配著潮汐的月亮滿臉病容，
奄奄一息，像已到了世界末日。
大難臨頭，必出現種種徵兆，
劫數難逃，少不了先有那警告……

契訶夫：這不是殭屍電影，是環保宣言。

莎翁：隨你們開玩笑，我不在乎。契訶夫，這些天你可曾看見櫻桃園？

契訶夫：沒有。

莎翁：你呢，易卜生，看見了野鴨嗎？

易卜生：都跑到餐桌上了。好了，不開玩笑：即使我們各自的想法和這個時代有極大的鴻溝，卻並不表示沒有對話的空間。這個世代還在閱讀我們的劇本，為何我們不能閱讀這個世代？說真的，當代雖然問題重重，我仍舊強烈地感受到人們改變社會的意志。

契訶夫：我卻感受到強烈的無力感。

莎翁：這就是兩位各自的局限了，有必要非在意志與無力之間二選一不可嗎？我這輩子描寫生存、死亡、命運、榮譽、醜陋、正義、邪惡、愛情、憎恨；人類的七情六欲、美醜善惡，老夫全包了。可是對於人生，我曾揭示明確的立場嗎？

契訶夫：沒錯，你的立場，如同你的身世，是無解的謎團。

貝克特：夠了！

一直悶不吭聲的貝克特發言了，把大夥嚇了一跳。

貝克特：我不參加。
冷伯：這不好吧，主辦單位說缺一不可。
貝克特：不。
易卜生：不成，咱們群聚一堂不就白聚了嗎？貝克特，你就不能合群一點嗎？
貝克特：不就是不。
莎翁：我無所謂。
契訶夫：我可有可無。看來分道揚鑣的時刻到了。各位，幸會了。
莎翁：各自保重。
易卜生：唉，真掃興。

幾人散開，各自上路。

貝克特：可以比別的。
眾人：啊？
易卜生：你說什麼？

貝克特：咱們比別的。
易卜生：比什麼？
貝克特：打麻將。
眾人：什麼？
貝克特：這幾天觀察本地人打麻將，讓我覺得，麻將是最荒謬的零和博弈。比賽編劇太無聊，打打麻將我有興趣。
易卜生：你們會打麻將嗎？
契訶夫：當然不會。
莎翁：我也不會。
貝克特：大家都不會，大家都從零開始不是很公平嗎？
易卜生：好，老子跟你拚了。
契訶夫：老夫奉陪。
貝克特：莎翁，如何？
莎翁：總不能讓你們三缺一吧。
冷伯：喂喂喂，這太荒謬了吧，四位戲劇大師打麻將！

易卜生：這附近有沒有麻將館？

契訶夫：我們一起去找。

兩人離開。

莎翁：冷伯，看來你得教我怎麼吃怎麼碰怎麼胡了。

冷伯：別跟我說話，我還在極度失望的驚嚇中。

這時，幸運出現，手裡捧著一副麻將。

貝克特：買到了？

幸運猛點頭，打開盒子，獻上麻將。貝克特露出難得一見、帶著詭譎的笑容。

10.

接下來的場景有點複雜，同一個空間一會兒是排練場，一會兒是豪宅客廳。換句話說，事情是這樣的：娜拉來到豪宅應徵家教兼奶媽；同時，妮娜正在排演《娜拉求職記》的戲碼，她飾演貴婦，而排演的片段正巧是娜拉來到豪宅應徵家教兼奶媽。

在妮娜眼裡，這是舞台劇排演；在娜拉眼裡，則是真實的求職過程。豪宅客廳裡，富豪與貴婦各自滑著手機，一左一右坐在高背椅上，猶如帝后。兩張椅子中間擺了高腳几，上頭滿是洋酒和酒杯。

僕人出現。他的衣著很正式，宛如英國管家。

僕人：老爺、夫人，應徵家庭教師兼奶媽的來了。

富豪：讓她進來。

僕人回頭示意，娜拉現身。娜拉的目光被偌大的廳堂吸引。

娜拉：真氣派。
富豪：壯觀吧？
娜拉：壯觀。沒想到能在這兒見識到巴洛克風的客廳。
貴婦：我們稱它為大廳，不叫客廳。
娜拉：是的，抱歉。
富豪：待會兒要是妳被錄用了，再找阿福帶妳——
貴婦：阿福是咱們貴賓狗的名字，他是阿聰，每次都搞混。
富豪：是，找阿聰帶妳參觀整座豪宅，妳會發現我們家沒有一件東西不是進口的。
貴婦：除了空氣。
富豪：我還在想辦法。

娜拉：關於家庭教師兼奶媽這個職務……

貴婦：妳的工作很簡單，就是照顧和教導寶寶。

娜拉：能不能說仔細點？

富豪：不急，我們要先確定妳的資歷夠分量，否則跟妳說了半天也是白搭。

貴婦：首先，妳的名字是——瑪麗亞。

娜拉：（與「瑪麗亞」重疊）娜拉。

貴婦：不是，我不是在問妳的名字。我在指定：妳的名字叫瑪麗亞。

娜拉：可是——

貴婦：沒有可是。我管所有來來去去的外籍女僕都叫瑪麗亞，我不可能為每一個新面孔記住新的名字。

富豪：妳哪裡人，瑪麗亞？

娜拉：歐洲人，來自挪威。

富豪：好國家。地處北歐，人均GDP十萬美元，位居世界前三。我在世界各地都有置產，倒是還沒進軍北歐。

貴婦：除了挪威話，妳還精通哪些語言？

娜拉：丹麥語、德語、法文、英語。

富豪：太好了，看來咱們找來了一個語言專家。

富豪從茶几拿起一瓶紅酒，倒入三只酒杯裡。

貴婦：寶寶已經有英語家教兼奶媽；如果被錄用的話，妳負責歐洲這區塊。

富豪拿一杯給貴婦，拿起其他兩杯，走到娜拉前。

富豪：我們希望把寶寶教育成具國際視野的全方位人才。恭喜妳，妳通過了初步審核的第一階段，來點頂級紅酒吧。

富豪把一杯遞給娜拉。

娜拉：謝謝。

富豪：（遙敬貴婦，並和娜拉碰杯）我知道歐洲人喜歡喝紅酒，乾杯！

富豪和貴婦一飲而盡，但娜拉只沾一口。

富豪：怎麼啦，瑪麗亞？紅酒不好嗎？
娜拉：不是，紅酒很好，果然頂級。但是，紅酒是不乾杯的。
富豪：這是我的紅酒，我要乾杯就乾杯，才不來啜一小口、在嘴裡溫潤一會兒那一套。妳想要這個工作嗎？乾杯！

娜拉略微遲疑，但還是一口乾了。富豪感覺手機有動靜，查看。

富豪：（對著貴婦）夫人，這裡交給妳了。我有事。

富豪離開。同時，貴婦站起來，變回排演中的妮娜。

妮娜：導演？導演！

娜拉定格於原處。先前的僕人上，但已變了模樣，轉為導演。

導演：怎麼啦？

妮娜：你不覺得劇本把這對夫妻寫得太誇張了嗎？

導演：相信我，妮娜，絕不誇張。妳如果在這兒多待幾天，妳會發覺，這劇本太含蓄了，沒有把他們真正的嘴臉充分寫出來。

妮娜：含蓄？還有更誇張的？

導演：沒錯，現實比虛構的更誇張。相信我，繼續排。

導演離開，妮娜走回座位，調整自己，變回貴婦。如雕像的娜拉也活過來了。

貴婦：再來一杯？

娜拉：喔，不了，謝謝。請問寶寶幾歲？上小學了沒？

貴婦：上小學了沒？寶寶都已經大學畢業了。

娜拉：大學畢業？

妮娜：我叫他過來見妳。寶寶？寶寶？（用吼的，完全顯示粗俗的一面）寶寶！

一副媽寶宅男模樣的寶寶走進客廳。他走路不看路，光看著手上的iPad，把世界全擋在外面。

貴婦：寶寶，這位叫瑪麗亞，是你歐洲部門的家教兼奶媽。

娜拉：寶寶好。

寶寶斜睨娜拉一眼，發出野獸般嚅囁的聲響後，下。

貴婦：寶寶真乖。別人家的小孩用家裡的錢在夜店鬼混，喝醉了還開著跑車四處撞人。我們家寶寶成天待在家裡，一點都不用爸媽擔心。

娜拉：他不用工作嗎？

貴婦：工作？我們家這麼富足，擁有的財富三代都吃不完，他等著接班就可以了，幹麼工作？

娜拉：可是，工作，勞心勞力，是一個人成長過程不可或缺的訓練啊。

貴婦：少跟我說這些。你說的工作是平民眼裡的工作，這不適用於我們的階級。你以為我不工作？我的工作就是成為稱職的貴婦：早上起來要健身，為老公保持曼妙的身材，下午兩點做臉，做完之後還有SPA，去除身上不該有的角質，傍晚得穿得光鮮亮麗陪老公應酬，回到家在臥室裡還要換裝，扮演護士——我老公對護士裝情有獨鍾——這一切不算勞心勞力嗎，瑪麗亞？

娜拉：我不是瑪麗亞，我叫娜拉。我曾經過著和你同樣的日子——雖然我從來就不用裝扮成護士——我的所作所為只為了討好丈夫，但是當我發覺可以依靠的男人不值得依靠時，我決定拋夫棄子，找到自我。

貴婦：拋夫棄子？不行，我們家的家庭教師兼奶媽絕對不可以是個拋夫棄子的女人。

娜拉：放心，我也不想在這裡工作。沒想到經過一百多年，來到了廿一世紀，這世界沒什麼真正的改變。

貴婦：什麼一百多年？

娜拉：算了，跟妳說妳也不會相信。

貴婦：看來妳對我的存在不甚認同，我倒想問問妳：一個丟下孩子不管的女人為了生活跑到別人家照顧別人的小孩，這算哪門子尋找自我？

娜拉為之語塞。

娜拉：妳說到了我的痛處。當初，我不得不狠下心來做出抉擇：一個人到底是要為自己負責，還是要為他人負責。最後，我選擇為自己負責，因為那時我相信，對自己負責的人，才有能力對別人負責。然而諷刺的是，這些年我在工廠上班，在公司當接待員，在餐館洗盤子，在飯店做女傭，能做的我全都試過，雖然自食其力，心安理得，但是留給自己的時間並不多，稍有空閒卻累得只想躺下來或翻翻八卦雜誌，根本沒力氣思索現狀，更別說想像未來。每一個勵志書的作者都這麼說：忠於自我的存在才是有意義的存在。其實，他們都在睜眼說瞎話；其實，生存是自我最大的敵人，為了生存，我們抹殺自我。哈姆雷特沒說錯，生存，或死亡，的確是個問題。

貴婦：誰是哈姆雷特？

娜拉：不重要。

貴婦：妳的一席話勾出了我一直壓抑的念頭。有時我很滿足，有時我感覺空洞。我丈夫好像很愛我，又好像只是把我當成娃娃，做為他洩欲的工具——

娜拉：對不起，我不要聽這些。我剛才說的話不是為了要破壞你們夫妻感情。各自過各自的吧，這是我的想法。

貴婦：可是——

娜拉：很抱歉，我不該對妳的生活指指點點。打攪了。

貴婦：可是——

娜拉說完離去，貴婦則陷入迷茫。

然後，貴婦回神，變回妮娜。

妮娜：導演？

導演出現。

導演：又怎麼啦？

妮娜：這場戲的結尾不太真實。哪有娜拉說了一段話，貴婦就覺醒了？

導演：所以它是戲劇，不是現實，現實是另一回事兒。

導演離去。

這時，隨著音效，妮娜機器人似地倒退，回到座位。同時，娜拉再度出現，機器人似地倒退，回到先前的位置。

空間換回豪宅客廳。兩人再來一次。

娜拉：……其實，生存是自我最大的敵人，為了生存，我們抹殺自我。哈姆雷特沒說錯，生存，或死亡，的確是個問題。

貴婦：謝謝你，妳的一席話勾出了我一直壓抑的念頭。有時我很滿足，有時我感覺空洞。我丈夫好像很愛我，又好像只是把我當成娃娃，做為他洩欲的工具，待會他回來，我一定得跟他坐下來好好談談。

娜拉：真的嗎？妳覺醒了嗎？

貴婦：別傻了，逗著妳玩的。妳還以為我真的是無腦的娃娃嗎？空虛的感覺誰沒？那種感覺彷彿腦海裡冒出的一些小雜音，發出昆蟲啃噬葉子般窸窸窣窣的聲響，但是只要稍稍調整自己，就像調整天線一樣，雜音自然消失。很少人因為耳鳴而發瘋的，別再一逕地尋找自我了，去看耳鼻喉科吧。

娜拉：沒想到我一生的使命在妳眼裡竟然只是耳鳴。

貴婦：阿福，阿福！

娜拉：他叫阿聰。

貴婦：阿聰！

僕人出現。

僕人：夫人。

貴婦：送客！

僕人：這位女士，請。

娜拉：對不起，打攪了。

娜拉離去，貴婦露出勝利的微笑。不久，傳來巨大的關門聲，把她嚇了一跳。

11.

荒野。

一張牌桌，一棵枯樹。

暗夜裡風聲呼嘯，勢頭不小。天漸亮，暴風雨慢慢平息。

只見莎士比亞、貝克特、契訶夫、易卜生，依此順時鐘次序坐在牌桌上搓麻將。他們腳下灑滿落葉殘花，不時還有葉子從上飄下。

同時，四人身後兩米處各站著他們的僕人：哈姆雷特、幸運、妮娜、娜拉。

因為是世紀大戰，電視實況轉播，冷伯拿著麥克風，擔任評論員。

冷伯：颱風過境之後，四大天王相約在荒野之中比賽麻將。幾位都是對風吹草動過度敏感的作家，念及來時足下的殘花，目睹周遭的敗絮，搓牌時竟不約而同地嘆了一口氣。

（四人同聲嘆氣）

四人裡面，莎士比亞最愛扯到風雨，曾寫過一部傑作，劇名沒啥創意，就叫《暴風雨》。易卜生也很直接，曾在《群鬼》收尾之處，讓主人公呼喚著：「陽光，陽光！」貝克特一向走慘烈路線，別看《等待果陀》表面上無風無雨，那可是浩劫餘生的世界啊。含蓄的契訶夫雖也觸景生情，卻寧走反拍，只為《海鷗》添上秋風細雨，一片蕭索的景象呼應著人物鬱悶的心境。區區颱風，四人卻齊聲嘆氣，在我這個對於天災頻仍卻早已無息可嘆的人眼裡，只能說他們沒見過世面。

牌桌上有了動靜。

貝克特：雞腿！

幸運一個口令一個動作。

易卜生：一邊摸牌一邊吃雞腿，不衛生吧？娜拉，給我一杯卡布其諾。

娜拉：是。

娜拉走過門框，之後傳來巨大關門聲。所有人，包括坐著的，都被震懾得跳了起來。

莎翁：小易，你就別再差遣娜拉做任何事了吧，她每次進出就是碰的一聲，搞得桌上的牌躺下的站起來、站起來的躺下去，這牌還能打嗎？

易卜生：對不起，下不為例。

娜拉回來，走過門框，果然又是碰的一聲。所幸，四人早已預期，先把牌桌抬起離地。娜拉把咖啡交給易卜生，後者一口飲盡，豪氣地把杯子往後一丟。

契訶夫：妮娜，妳那天排戲如何？

妮娜：很有意思。這個時代喜歡重口味，搞得人不像人，彷彿卡通動物或漫畫人物。我看啊，要是你生在這個時代，恐怕沒有出頭的一天。

契訶夫：唉，這牌桌的桌面，和撞球台一樣的扁平。

冷伯：沒有人答腔，因為沒有人知道契訶夫在說什麼。只有我知道。契訶夫喜歡用撞球桌的意象，很少劇評家理解這意象代表什麼，直到有一天他們在契訶夫的書信中看到這麼一句話：「人的靈魂是多麼的膚淺，就像撞球台一樣，是那麼的扁平滑順，毫無皺褶。」契訶夫雖然悲天憫人，可他對人類這個物種基本上是失望的。

易卜生突然蓋上自己的底牌，豁然站起。

易卜生：看牌！

易卜生走到契訶夫後面，看他打牌。

冷伯：不熟悉麻將的觀眾，容我為你們解釋。麻將有個術語叫「看牌」，意思是當某人聽牌的時候，他可以選擇把自己的牌蓋起來，表示不再換牌，凡是摸到不能胡的牌張都得打出去。但在這期間，他可以「周遊列國」，看看三家對手的底細。務實地來說，看牌的是傻瓜：看牌的人無論摸到什麼都得一一打出，要不是自摸或沒人放炮，放炮的機率自然大增。饒是如此，仍有些好處。其一，看牌是一種宣示——「老子聽牌！諸位小輩，等著挨宰吧。」這氣勢會使其他三家如臨深淵如履薄冰，造成莫大的壓力；其二，賭博輸贏不全然看手氣，有時靠的是霸氣，看牌的人就是有那種破釜沉舟的魄力，至於最終誰是劉邦誰是項羽，不在考慮之列；其三，看牌的人，可以藉著觀摩對手打牌的時機，了解敵人的心思和布局。不論易卜生基於何種心態看牌，其一其二或其三，或三項的總和，我只能用一句話形容易卜生看牌的心情：不看則矣，看了後悔不已。

契訶夫：後悔了吧？

易卜生：後悔什麼？我看你根本不懂牌理，剛才應該打這張才對。

莎翁：哈囉，看牌不語真君子。

易卜生：我討論他的牌技關你啥事？

契訶夫：你不懂麻將，正如我曾說過，「易卜生不懂戲劇。」

易卜生：你這人反反覆覆的，一會兒說我是戲劇大師，一會兒說我不懂戲劇，我才懶得理會。

契訶夫：易兄，你是「搶胡型」的牌咖，也就是說，牌一上手，便處心積慮地要胡牌，一副「我聽故我在」的架式。你寫劇本的德行也差不多，因為你單向思考，一路挺進，堅持到底。最糟的是，你迷信種瓜得瓜，奉行「有因必有果」的原則。

易卜生：你還敢說我，難道你忘了自己的名言：「如果第一幕出現一把槍，落幕前千萬要有人開槍啊。」

契訶夫：唉，我沒想到它會變成名言，更沒想到好萊塢會將它奉為金科玉律。沒錯，我說到做到，只要有槍出現，我一定放槍——不是放槍，打麻將的時候說放槍不吉利——我一定讓它開槍，但請你仔細回想，哪一次你在我的舞台上看到有人開槍？

易卜生：沒有。

契訶夫：開槍的戲劇動作都發生在舞台之外。

易卜生：怪不得有人說你的劇本雷聲大雨點小。

契訶夫：在我看來，人生就是雷聲大雨點小。

易卜生：你這傢伙簡直不懂基本牌理，全然不顧前兆與呼應的信條。你的布局一會兒往這，一會兒往那，跟你寫的劇本一模一樣嘛。你的人物總是忽而扯東、忽而扯西，讓人抓不到重點。

契訶夫：現實生活裡的人們不正如此嗎？哪一個人講話有重點？在我那個年代，也就是後人稱為舊俄的年代，所有事物都在崩解，舊秩序的崩解、個人意志的崩解；就如哈姆雷特所說，一切都脫節了，可是我們沒有哈姆雷特這號人物，我們只有讓人癱瘓麻痺的無力感，只能眼睜睜地看著世界往下墜落。

易卜生：怪不得你的人物很喜歡自殺。

契訶夫：你的人物又好到哪兒去？個個充滿使命感，都自以為擁有撥亂反正的福音，到頭來呢？那些唾棄社會的個人最終還不是走向自我毀滅的不歸路？

莎翁：兩位，現在是麻將比賽，還是戲劇研討會？

冷伯：被莎翁這麼調侃，易卜生也覺得無趣，於是走到貝克特後面。這一看，傻眼了。易卜生不斷地說——

易卜生照做。

易卜生：荒謬！荒謬！

冷伯：從貝克特的底牌，易卜生看到一副「僵局」，完全搞不懂他到底朝哪一掛布局，彷彿是筒子，又好似條子，更像是萬子。不僅如此，貝克特的打法有違常理。打牌的基本原則是把搭子湊齊，比如手裡有一二筒，要的當然是三筒，叫邊張；有四六萬，要的是五萬，叫卡張；有七八條，要的是六九條，叫雙頭。對不起，我解釋太多，恐怕有人誤以為這是麻將教學。回到貝克特：貝克特不走正軌，偏偏反其道而行，硬是將手裡完美的搭子拆散，易卜生看得嘖嘖稱奇，心中暗忖，不禁搞起旁白。

易卜生：（旁白）這傢伙若不是麻壇史上最大的白癡，就是最狡猾的老千。錢再多的傻瓜也不像他這般亂使，非但死勁地破壞搭子，還把廢牌當成寶似地珍藏，使得整副牌呈現七零八落的局面。這是顯而易見的菜鳥打法，但令人不解的是，這小子很少放炮，幾乎每一把都以不輸不贏收場，難不成他是莫測高深的行家？且待我進一步瞧瞧。

冷伯：其實，易卜生再多瞧幾眼也是枉然。

易卜生：非理性！

貝克特：理性是人類史上最大的謊言。

易卜生：你打牌活像是姜太公釣魚，意在下竿，不在上鉤。無論好牌壞牌，你老兄就是有能耐將每一副牌搞成僵局；別人一心想聽牌，你則想盡辦法不讓自己聽牌。

貝克特：殘局，乃打牌之最高境界。

易卜生：說真的，你到底是等哪一掛的？

貝克特：我要是知道等哪一掛的早就告訴你了。

易卜生碰一鼻子灰，有點無奈地走回自己的座位。

冷伯：貝克特的回答讓眾人回想起一件往事。某次訪談中，主持人問貝克特，他說，《等待果陀》裡的果陀到底代表什麼？貝克特沒好氣地回答——

貝克特：我要是知道它代表什麼，幹麼不明說算了。

冷伯：這時，一旁伺候的幾個僕人逐漸不耐煩了，除了幸運。打從賽局開始，幸運就一直專注地玩著 iPad 上的遊戲，只是偶爾發出不著邊際的囈語。

幸運：完了……假設造物者存在，漠然……失語……結束……

冷伯：有些觀眾或許不知，幸運是《等待果陀》裡的角色。他代表的是飽受肉體壓榨的靈魂；放大來看，他受盡奴役，似乎象徵現代文明在物質上大有進展，但在精神方面卻徹底萎縮。還好，萎縮了的幸運在這次旅行中發現了線上遊戲，可讓他盡情投入，忘了自己的不幸。

這時，娜拉打信號，要哈姆雷特和妮娜借一步說話。三人來到牌桌旁的枯樹下。

娜拉：比賽結束之後，你們怎麼打算？

哈姆雷特：我決定不跟莎士比亞回到十六世紀，我想留在這兒。

娜拉：補習班有著落了嗎？

哈姆雷特：有人願意投資我。我喜歡這個時代的氛圍，人們只關心錢，不像我，老是為著存在、意識、命運這些虛無縹緲的東西絞盡腦汁。我想務實地過活，做小生意，過小日子，從此不再憂鬱。

娜拉：妳呢，妮娜？

妮娜：我也想留在這兒。我愛上這兒的劇場，它的風格很直接，不像契訶夫那麼地含蓄，也不像貝克特那樣不知所云。當代的戲劇主流很單純，不是要讓觀眾笑，就是要讓觀眾哭，這種戲碼我演得來，我也不用再為自己平庸的資質感到慚愧。

哈姆雷特：（問娜拉）妳呢？

娜拉：我很迷惑，迷惑得毫無主意，任何人「用一根最細的草繩都可以牽著我走。」我懷疑我被易卜生騙了；或許，橫跨三世紀追求的自我根本不存在。我一直以為工作可以培養美德，在勞動中可以找到自我，因此我需要工作。可是，我能找到的工作是那麼樣地機械化，美德或自我怎麼可能藏在千篇一律的動作裡呢？

哈姆雷特：容我充當那根最細的草繩。

娜拉：你想把我牽到哪兒？

哈姆雷特：顯然妳對於這個時代的正面能量毫無感應。

妮娜：沒錯，這個時代只教我一件事：人，不需要什麼深度。

哈姆雷特：自我，只是幻覺。

妮娜：契訶夫曾說，人的靈魂猶如撞球台那麼平滑無皺，在這兒得到充分的印證。

哈姆雷特：咱們走。

娜拉：走去哪？

哈姆雷特：這兒附近有一場演說，一位極為暢銷的勵志大師要為大眾指點迷津。

妮娜：聽聽無妨。

娜拉：不了，我痛恨勵志作家，你們要是帶我過去，我少不得打斷他的演講，痛罵幾聲。

妮娜：我還沒看過妳罵人。

哈姆雷特：這不好吧？

娜拉：你越覺得不好，老娘越想踢館。

妮娜：現在就走。

哈姆雷特：喂，喂。

娜拉：可是四位老人家呢？

妮娜：現在是北風北，這一局比完就結束了。

娜拉：帶著幸運一起去吧，我看他怪可憐的。

娜拉和妮娜帶著幸運離開，哈姆雷特緊張地跟在後頭。

哈姆雷特：喂，妳們可別亂來啊。

哈姆雷特離開。

莎翁：怎麼啦，易卜生，不敢看老夫的牌？

易卜生：我只是坐下來，休息片刻。

莎翁：你過來看。要是你放炮，我不算你錢。

易卜生：你不會食言而肥吧？

莎翁：「無論給它調上什麼醬料，我都不願把我剛說過的話吃進去。」

易卜生再度起身，走到莎翁背後。

冷伯：易卜生這一看，大驚失色。

莎翁：菜鳥，你的名字就叫易卜生。打牌貴在放眼天下，不能只顧自個兒的牌面，要一人打四家牌，必要時還得用眼睛聆聽，用耳朵細看。對手聽牌與否，等哪掛的，你得瞭若指掌，否則如何在江湖混出名號？我知道你要的是這掛。

冷伯：莎翁指著底牌的筒子，易卜生心頭一凜。

莎翁：我甚至確定你聽的是這兩張。

冷伯：莎翁指著牌底的四五筒，意指對方要的是三六筒。易卜生差點沒昏過去。

莎翁：其他兩人的牌嘛，也沒什麼稀奇的。坐我對家的契訶夫不喜歡太戲劇化，走的是生活路線，因此他的牌很隨機，時而上車，時而下車，就像人生的旅程，是典型沒有布局的布局。至於貝克特，我的上家，你根本不用看他的底牌就知道他專打一手爛牌。我不是說他牌技很爛，而是他故意把牌打爛。他志在遊戲，不在比賽，你懂嗎？人生好比牌局，我們都是裡面的玩家，有小輸贏的小玩家，也有大輸贏的大玩家。易卜生，你是哪一種？

易卜生：我……小輸小贏，完全沒您的大氣。

冷伯：看著莎翁的底牌，易卜生發覺老人家顯然把十六張當成十三張來玩。十六張著重的就是搶胡，先胡先贏；十三張可大不相同，講究的是做牌的藝術，大三元、一條龍、清一色，名堂多不可數。當一般人都在搶胡時，莎翁他老人家卻忙著做大牌。

易卜生：果然氣派。佩服！

冷伯：易卜生佩服的同時，我頓悟了，困擾多時的謎團終於解開。原來，莎士比亞出現在我生命中的用意，就是透過麻將教我編劇，因為他打牌的風格和他的劇本如出一轍。不只在劇作，莎翁連打麻將都苦心營造崇高雄偉的情懷；輸贏事小，如何贏得痛快、敗得淒美才是打牌的藝術。莎翁的布局紛沓龐雜，有主線、輔線，還有支流，和易卜生的小溪比起來，莎翁是一條大河。易卜生不禁脫口而出——

易卜生：麻壇宗師！

莎翁：淋漓盡致，這就是格局。

易卜生頹喪地走回自己的座位。

冷伯：易卜生滿懷沮喪，我卻興奮異常。雖然是麻將比賽，我卻見識了四大天王各自不同的人生視野。我在易卜生身上看到他的局限，在契訶夫身上感受了他的悲觀。至於貝克特，他用陰暗的心情看著世界，世界因此跟著陰暗。只有莎士比亞讓我沒話說，他筆下的人物既挑戰外在極限，更勇於突破內在臨界點；他為人類呈現大千世界，卻從不教導我們如何看待世界。

契訶夫：紅中。

貝克特：白板。

莎翁：發財。

冷伯：輪到易卜生摸牌。他臉色慘白，摸牌的手微微顫抖。

易卜生摸牌。

易卜生：自摸！哈哈哈！

冷伯：收錢時，易卜生滿臉得意，其實內心很虛。比賽結束。可想而知，易卜生大贏，契訶夫小輸，貝克特不輸不贏，莎士比亞輸到差點脫褲。奇妙的是，易卜生板著臉，拿錢後轉身就走，完全忘了給我吃紅，也毫無宴請大夥海吃一頓的意思，更少了興奮的神情，就這麼一聲不響地離去。我想，他心裡明白，此回擂臺賽，他贏了面子，輸了裡子。

（易卜生離開）

之後，契訶夫和貝克特不約而同起身，相互拱手道別。

契訶夫：幸會！

貝克特：後會有期。

冷伯：牌桌上只剩莎翁一人，仍在端詳自己的底牌。

莎翁：過癮啊！過癮！

12.

冷伯家。

冷伯和莎翁喝著啤酒。

莎翁：我對天發誓，這啤酒好極了。

冷伯：我跟你發誓，這啤酒很貴呢。

莎翁：時候到了，我該上路了。

冷伯：也罷。哈姆雷特真的不跟你走？

莎翁：別提了，那小子被這浮誇的年代徹底洗腦。這使我想到你們一句俗話，怎麼說來著……

冷伯：青菜配蘿蔔，三八對四九。

莎翁：就是這句話。告辭！

冷伯：保重！

兩人相擁。

莎翁：「再見，再見，離別是這般甜蜜又心傷，我要對你說再見一直說到天光。」

冷伯：別肉麻了，你不是羅蜜歐，我更不是茱麗葉。快走吧！

莎翁離去。

冷伯：嘴巴這麼說，心裡其實捨不得，我差點脫口而出：「留下來，幻影！」歷經這段奇遇，我茅塞頓開，彷彿換了一雙眼睛，跨過一道門檻。我依舊對現狀不滿，但不再輕易抒發怨言；我對這個年代很有意見，但不再嚮往活在另一個時空。各位想必明白，我試圖改變自己。正如娜拉所說，自我最難掌握，因此對於目前的轉變，我並無過多的陶醉；也正如妮娜悟出的道理，平庸不是罪過，少一點掌聲死不了人。然而，我終究不同意哈姆雷特，無論是舊的哈姆雷特，或是迷上金庸的哈姆雷特。就我來看，生存或死亡，從來不是問題，如何過活才是重點。一個人除了呼吸，若還有意識，總該試著活出有限的不朽。我以嶄新的視野看待我的人生與編劇這個行業；然而，真正滲透我心、沁入我骨髓的，卻是莎士比亞這老狐狸大開大闔的牌技，以及輸到內褲不留的豪賭，害得我從此不敢再打麻將。

INK PUBLISHING 文學叢書 496

一個兄弟　兩個故事

作　　者　紀蔚然
總 編 輯　初安民
責任編輯　陳健瑜
美術編輯　林麗華
校　　對　吳美滿　陳健瑜

發 行 人　張書銘
出　　版　INK印刻文學生活雜誌出版有限公司
　　　　　新北市中和區建一路249號8樓
　　　　　電話:02-22281626
　　　　　傳眞:02-22281598
　　　　　e-mail:ink.book@msa.hinet.net
網　　址　舒讀網http://www.sudu.cc

法律顧問　巨鼎博達法律事務所
　　　　　施竣中律師
總 代 理　成陽出版股份有限公司
　　　　　電話:03-3589000(代表號)
　　　　　傳眞:03-3556521
郵政劃撥　19000691 成陽出版股份有限公司
印　　刷　海王印刷事業股份有限公司

港澳總經銷　泛華發行代理有限公司
地　　址　香港新界將軍澳工業邨駿昌街7號2樓
電　　話　(852) 2798 2220
傳　　眞　(852) 2796 5471
網　　址　www.gccd.com.hk

出版日期　2016年6月　初版
ISBN　978-986-387-102-6

定　價　300元

國家圖書館出版品預行編目資料

一個兄弟 兩個故事 / 紀蔚然 作；
--初版，--新北市：INK印刻文學，
2016.06 面； 公分（文學叢書；496）
ISBN 978-986-387-102-6（平裝）
857.63　105007771